한국 희곡 명작선 141

고모령에 벚꽃은 흩날리고 (전 12장)

한국 희곡 명작선 141

고모령에 벗꽃은 흩날리고 (전 12장)

이상용

평민사

이
상
용

고모령에 벚꽃은 흩날리고

등장인물

문은희 : (10장부터는 문 여사로 호칭됨)
은희 어머니
땡초 (악사)
장 마담 (장미자)
상하이 박(朴)
백사 (조폭 두목)
경찰서장
청하 (화가)
박 시인
그 외 목소리(1, 2), 부하(1, 2), 악사들, 문상객, 남자, 소년,
떡장수 외

때

1965년경부터 1995년경까지

장소

어느 산골과 경남 마산

제1장

1965년 4월 초순. 무대는 캄캄하고 텅 비어 있다. 멀리서 굿을 하는 무당의 푸닥거리가 들려온다. 그 소리가 점점 크게 들려오다 잦아들면 탑 조명이 은희에게 집중된다.

목소리1   너의 어머닌 무당~.

은 희   아니야~.

목소리1   칼춤 추는 무당~.

은 희   아니야!

목소리1   작두 타는 무당~.

은 희   아니야, 아니라고!

목소리1   너의 집에 귀신 있지?

은 희   아니, 없어.

목소리1   시뻘건 옷에 칼 찬, 무서운 귀신 있지?

은 희   아악, 그만! 제발~. 엄니~.

어머니   와? (그녀에게도 탑 조명이 들어온다) 내, 여기 있다.

두 사람에게만 각각 탑 조명이 집중되고 다른 공간은 캄캄하다.

은 희   제발 같이 가입시더.

어머니   못 간다. 아니 안 갈 끼다.

은 희   신당(神堂)이 그렇게 소중한가예.

어머니	경박스런 그 주둥이.
은 희	엄니~.
어머니	함부로 주둥이 놀리지 마라. 삼신할미가 노하신다.
은 희	대체 와 그라는데예.
어머니	아무리 그래사도 내는 절대 안 갈 끼다.
은 희	그렇다면 제발 저나 보내 주이소.
어머니	고마 이 에미하고 살몬 안 되것나.
은 희	잠 한번 깊이 자는 게 소원입니더.
어머니	고마 잊어삐라.
은 희	잊혀지면 얼마나 좋겠어예.
어머니	전부 다 내 탓이다. 내 팔자가 더러배서 안 그렇나.
은 희	그라모 나는 예?
어머니	책임지꺼마.
은 희	엄니가예? 어떻게예?
어머니	사는 게 별 기 아이다.
은 희	몸서리가 처진다니까예.
어머니	운명이 그런데 우짜것노.
은 희	남들 다 다니는 고등학교도 못 갔고예.
어머니	돈이 없어서 안 그랬나.
은 희	그 많던 재산은예? 외갓집 재산까지~.
어머니	인자 와서 따지면 뭐하것노. 다 잊으삐자 고마.
은 희	그 인간 때문이라고 와 말을 못하는데예.
어머니	너무 그라지 마라. 그래도 니한테는 아부지 아이가.

은 희 아부지라고예?

어머니 그래도 니 아부지는 말따.

은 희 알콜 중독자, 노름꾼, 사기꾼~.

배경막엔 일제강점기에 징용으로 끌려가는 한국인들이 관부연락
선을 타는 장면과 일본 후쿠오카 탄광으로 끌려간 그들의 중노동
장면 등이 흐른다.

어머니 니가 뱃속에 있을 때, 마산역에서 부산행 열차 타는 모습
을 먼발치에서 쳐다봤다. 다들 부산 가서 관부연락선을
탈거라 카데. 그 한참 뒤에야 후쿠오카 탄광에 있다는 소
문을 들었고~. 니 때문에 못 죽었다 카더라.

은 희 그런 사람이 오데 한두 명인가예.

어머니 다쳤다 안 카나. 크게 말따.

은 희 혼자만 다쳤는가예.

어머니 불구자가 되었으니~.

은 희 불구자가 되었다고 다 그런가예~. 죽은 사람도 있는데.

어머니 죽지 않았으니 그것만으로도 다행 아이가.

은 희 와 맨날 얻어맞기만 합니까. 무슨 죄를 지었길래~.

이때 갑자기 목소리가 들려온다.

목소리2 돈 빌려 왔제? 퍼뜩 내놔라. 퍼뜩!

어머니   (목소리로만) 오데서 빌릴 끼고. 한 푼도 못 빌렸다. 그라고 이제는 돈 빌릴 데가 한 군데도 없다.

목소리2   (심하게 구타하는 듯) 그라모 이년아, 죽어라, 죽어~. (여인네의 처절한 비명소리) 니 혼자만 살겠다꼬. 내가 병신 됐다꼬. 그렇게는 안 되제. 차라리 뒈져라, 빨리 뒈지란 말이다. (여인네의 더 심한 비명소리)

은 희   그만! 그만, 제발~. 엄니~.

어머니   와, 내 여기 있다.

은 희   제 정신으로는 살 수가 없어예.

어머니   우짜것노. 인연이란 참으로 질긴 기다. 고래 심줄보다 더~.

은 희   그래서 짐승보다 못한 그 인간을 못 버린다고예.

어머니   다 운명이고 사주팔잔 걸 우짜것노.

은 희   (결연히) 마산으로 갈 겁니더.

어머니   우째서 마산으로?

은 희   아는 사람이 있어서예.

어머니   누구냐고 안 물을란다.

은 희   돈 벌 겁니더. 죽자고예.

어머니   지 맘대로 안 되는 기 세상일이라 캐도.

은 희   그래도 갈 낍니더.

어머니   세상이 그렇게 호락호락하지 않다꼬.

은 희   각오하고 있어예. 하지만 엄니를 남겨두고 떠나려 하니~. (갑자기 울컥해진다)

어머니   괘안타. 나는 괘안타 고마.

은 희 며칠 후면 꽃들이 만발하겠지예. 그리되면 동구 밖 저 벚 꽃들은 또 얼마나 예쁠까예.

어머니 예쁘면 뭐 하노. 볼 사람도 없는데~.

은 희 용서해 주이소. 정말 죄송해예.

어머니 (단호하게) 됐다 고마. 퍼뜩 출발 하거라. 막는다고 안 갈 니 도 아니니까 말따.

은 희 그라모~, 부디 몸조심 하이소. 꼭 성공해서 돌아올 께예.

암전.

제2장

10년 후 4월 초순. 무대는 댄스홀 겸 빠(bar)인 '오동동 빠'이다. 은희가 장 마담을 만나러 '오동동 빠'로 온다. 아직 영업시간 전이다. 빠 안에서는 30대 후반쯤 되어 보이는 땡초가 혼자서 트럼펫을 연습하고 있다. 저녁 영업을 위해서다. 잠시 후. 수수한 옷차림을 한 은희가 무대 상수 쪽에서 어색한 듯 주위를 살피면서 등장한다. 그녀 나이는 30대 초반이나 그보다는 훨씬 어려 보인다.

은 희 (땡초에게 다가가며) 저, 실례합니더.

땡 초 (연습을 중단하고는) 누 누구시오? (은희를 아래위로 살펴보고는) 무슨 일로 왔능교?

은 희	누굴 좀 만나려고예.
땡 초	누구를요?
은 희	(어색한 표정을 지으며 선뜻 대답을 못한다)
땡 초	대체 누굴 만나러 왔능교?
은 희	언니를예. 장미자라꼬~.
땡 초	장미자요? 아 참, 그렇제, 장 마담 이름이 미자라 캣제. (손목시계를 보고는 조금 부드러워진 어투로) 장 마담은 쪼매 더 있어야 나올 낀데요.
은 희	(잠시 생각하다가) 그렇다면 여기서 좀 기다려도 될까예~.
땡 초	그라이소.
은 희	고맙습니더.
땡 초	장 마담과는 어떤 관곈가요? 친동생이오?
은 희	아니예. 고향 동생이라예.
땡 초	그렇다몬 손 아프게 생각하지 마이소. 나는 할 일이 쪼매 있어서~.

그는 트럼펫을 잡고는 다시 연습할 준비를 한다. 조금 후 그가 연주를 시작한다. '베사메무쵸'라는 곡이다. 그의 연주 솜씨가 예사롭지 않다. 은희는 땡초의 연주를 듣고 놀란다. 그녀가 난생 처음 접해 보는 생음악 연주이기 때문이다. 얼마 후, 장 마담이 들어온다.

장 마담	(박수를 치며) 굿 굿, 베리 굿, 아니 원더풀! 오늘은 컨디션이 좋은가 보네요. 간밤에 무슨 일 있었어요? 설마 도망간 마

누라가 돌아온 건 아닐 테고~.

땡 초   또, 또 남의 아픈 곳을 후벼 파고 그런다. 제발 그런 농담
은 이제 그만 좀 하쇼. 그리고 저기, 누가 찾아 왔구마는~.

장 마담   누가~?

땡 초   (눈짓으로 은희를 가리킨다)

장 마담   (은희에게 다가가서) 아니, 이게 누구야, 너 은희 아니냐? 은희
맞지?

은 희   그래요, 언니! 나 은희야.

장 마담   니가 어떻게 왔니? 여긴 어떻게 찾아왔어?

은 희   정말 몰라보겠네, 언니. 그리고 너무 예쁘다. 미스코리아
빰치겠는데.

장 마담   정말이야? 입에 발린 소린 아니겠지? 자 자 우리 좀 앉자.

은 희   (장 마담을 만나자 울컥하는지) 언니~!

장 마담   아니 너 마산엔 언제 왔니? 차림새를 보아하니, 엊그제 온
건 아닌 것 같고~.

은 희   (말이 없다)

장 마담   애, 너무 어려워하지 마. 모르는 사이도 아니잖니. 그래 마
산엔 언제 왔어?

은 희   (머뭇거린다) 한 10년 됐어예.

장 마담   뭐라고, 10년? 아니 10년이나 됐는데도 이제서야 찾아
와? 애, 듣고 보니 참 섭섭타.

은 희   미안해 언니. 그럴 사정이 좀 있었어. 정말이야.

장 마담   그래? 그럼 됐다. 나도 화통한 성격이거든. 참 너의 어머

니는? 같이 오셨니, 마산에?

은 희 아니예. 언니도 알잖아예. 우리 엄마 성격을예. 고집 세고 신기(神氣)까지 있는~.

장 마담 알고말고. 근데 너의 어머닌 아직도 신당(神堂)을 갖고 계시냐?

은 희 그럼예. 신당은 우리 엄마의 생명줄이라예.

장 마담 너의 어머닌 참으로 영험한 무당이시지. 창(唱)도 잘하시고.

은 희 난 그런 면이 정말 싫어예. 무섭기까지 하다니까예.

장 마담 그래? 그럼 그 얘긴 그쯤 하고, 너 얘기나 좀 들어보자. 네가 마산에 왔다면, 나부터 먼저 찾았어야지, 왜 이제서야 와? 마산에 아는 사람이라도 있어?

은 희 아니예.

장 마담 그럼 회사에 다니는 거야?

은 희 (말이 없다)

장 마담 많이 힘든가 보지? 내가 사람 보는 눈은 좀 있거든. 물장사를 오래 해서. 근데, 왜 이제서야 찾아왔지?

은 희 (결심을 한 듯) 부탁이 있어서예.

장 마담 부탁? 무슨 부탁?

은 희 (망설인다)

장 마담 말해 봐. 그래야 내가 들어주든지 말든지 할 게 아니냐.

은 희 어느 해 추석, 언니가 고향 왔을 때, 마산 오면 한번 찾아오라면서 준 명함이 있어서, 그 명함을 보자 퍼뜩 생각이 나서~.

장 마담	그래서 찾아왔다?
은 희	수십 번도 더 망설였어예. 초라한 내 모습을 보여주기가 너무 싫었거든예.
장 마담	너와 나 사이인데도?
은 희	알량한 자존심 때문일지도 몰라예.
장 마담	자존심? 얘, 자존심 따윈 아무짝에도 필요 없다. 도시에선 돈이 최고야, 알아?
은 희	그래서 찾아왔어예. 돈이 최곤 걸 깨닫고는예.
장 마담	그럼 세상이 어떻다는 걸 조금은 알겠네.
은 희	마지막으로 언니한테 한번 부탁해 보자는 심정으로예.
장 마담	그렇다면, 잘 왔다. 너와 난 특별한 인연이 있잖냐. 니 오빠 때문에.
은 희	그렇지예. 벌써 오래 전의 일이지예.
장 마담	난 아직도 너의 오빠를 잊지를 못한다.
은 희	나도 마찬가지라예. 아무리 잊으려고 해도 불쑥불쑥 생각 날 때가 한두 번이 아니라예.
장 마담	미남에다 기타도 잘 치고 노래까지 잘 불렀으니, 내가 반하지 않을 수가 없었지.
은 희	난 참 기구한 운명을 타고 났는가 봐예.
장 마담	갑자기 왜~?
은 희	나이에 비해 너무 많은 아픔을 겪었거든예. 미안해요 언니.
장 마담	괜찮아. 근데 무슨 일로 왔어? 혹시~ 돈 때문이야?
은 희	아니라예.

장 마담 솔직하게 말해. 안 그러면 두 번 다신 안 본다.

은 희 (계속 망설인다)

장 마담 말해 보라니까. 툭 터놓고.

은 희 혹시~ 일할 데가 없을까 해서예.

장 마담 그래~? 일할 데를 찾는다고?

은 희 어떤 곳이든지예. 어떤 일이라도 좋아예.

장 마담 어떤 일이든 할 수 있다~?

은 희 그럼예.

장 마담 약속할 수 있어?

은 희 그렇다니까예.

장 마담 내가 이렇게 두 번 세 번 다짐을 받는 것은, 다 이유가 있기 때문이야.

은 희 정말 약속할 수 있어예.

장 마담 (잠시 생각을 한 후) 그렇다면 좋다. (땡초를 보고) 삼촌도 잠깐 이리 좀 오세요. 오늘 내 참한 동생을 소개시켜 주리다.

땡 초 (다가오면서) 우린 벌써 구면(舊面)이라오.

장 마담 뭐라고요? 벌써 아는 사이라고요? 나도 몰래 언제~ 하 참, 세상에 믿을 놈 하나 없다더니~.

땡 초 그 그기 아이고, 아까 처음 왔을 때 서로 잠깐 얼굴을 봤다 이 말씀이제.

장 마담 (웃으며) 난 또~. 이쪽은 내 고향 동생 은희. 그리고 이쪽은 우리 가게의 밴드 마스터인 땡초 삼촌. 별명이 땡초야, 호호호.

은 희	은희라고 합니더. 잘 부탁합니더.
땡 초	마, 그냥 삼촌이라 카이소.
장 마담	그래 그렇게 해.
땡 초	오늘 족보에도 없는 조카가 하나 생겼구먼, 핫하하~.
장 마담	삼촌, 얘는요, 지금은 아무렇게나 입고 있어서 그렇지, 옷만 제대로 갖춰 입으면요, 마산에서는 최고의 미인이 될 겁니다.
은 희	아이 참 언니도.
장 마담	(은희를 보고) 너 정말 어떤 일이든 할 수 있겠어?
은 희	그렇다니까요, 언니.
장 마담	(잠시 뜸을 들이다) 그렇다면 술집 아가씨라도~?
은 희	그럼예. 술집 아가씨가 어때서예. 돈만 벌 수 있다면 그보다 더한 일도 할 거라예.
장 마담	그래? 그렇다면 좋아. 그런 각오가 돼 있다면, 당장 오늘 저녁부터 나하고 같이 일을 하자.
은 희	(놀라며) 언니?
장 마담	왜, 싫어? 싫으면 싫다고 하고. 나중에 또 이런 저런 뒷말 하지 말고.
은 희	그게 아니라, 아무런 준비도 안 하고 와서예.
장 마담	내가 너의 사정을 뻔히 알겠는데 뭐를 준비한다고 그래.
은 희	그래도예~.
장 마담	준비를 한다는 말은 옷을 산다는 말인데, 지금 그렇게 할 돈이나 있니?

은 희　　(말없이 고개를 가로젓는다)

장 마담　저 안에 들어가면, 내가 입던 옷이 수백 벌도 더 있다. 네 마음대로 골라 입어.

은 희　　(놀라며) 언니~.

땡 초　　장 마담~.

장 마담　대신, 한 가지 조건이 있다.

은 희　　조건이라면~?

장 마담　옷을 입되, 최고의 미인이란 소리를 듣도록 입어야 한다는 말이다. 우리 가게의 자존심 때문이야.

은 희　　언니~!

장 마담　너니까, 내, 특별대우를 해 주는 거다.

은 희　　(감격하여) 언니!

장 마담　아무 말도 하지 마라. 내, 너 심정 다 안다.

땡 초　　어허, 이기 대체 무슨 일이고. 내, 이십대부터 이 '오동동 빠'에서 잔뼈가 굵었지만, 오늘 같은 경우는 처음 본다꼬. 장 마담, 당신 좀 우찌된 거 아니오?

장 마담　어찌 되긴 뭐가 어찌 돼요.

땡 초　　장 마담 의상이 어디 한두 푼 하는 의상가, 어이? 전부 다 엄청나게 비싼 옷들 아이가 말따. 전부 다 일류 디자이너한테 맞춘 최고급 의상 아이가 말따.

은 희　　(놀라서) 언니~?

땡 초　　옷 한 벌 값이 마산시장 한 달 치 월급보다 더 많다는 사실을 이 오동동 아가씨들은 다 알고 있능기라.

18

장 마담 그만큼 은희가 중요하기 때문이죠. 우리가 '은좌(銀座) 빠'를 따라잡아야 하잖아요. 그러니까 삼촌도 은희를 잘 모시라고요, 호호호.

땡 초 아, 예 예 잘 모시겠나이다. (이때 은희가 땡초의 눈치를 살피면서 장 마담에게 다가가서 귓속말을 한다)

장 마담 (웃으면서) 그래? 바로 저기야 저기. 저 안으로 들어가면 돼, 호호호.

땡 초 갑자기 왜들 그러시나? 사람을 옆에 두고 왕따 시키는 것도 아니고 말따.

장 마담 호호호, 은희가 화장실을 찾네요. (은희는 부끄러운지 더 빠른 걸음으로 가버린다)

땡 초 난 또, 그런 줄도 모르고~ 사실은 아까부터 틈틈이 훑어보고 또 넌지시 떠보기도 했는데, 저 아가씨가 한없이 착하고 순진하긴 합디다.

장 마담 이참에 삼촌한테 내 미리 말해 둘 게 있어요.

땡 초 뭔데요?

장 마담 은희는 자기 어머니를 닮아서 노래를 엄청 잘 해요.

땡 초 은희 어머니가 가숩니까?

장 마담 가수가 아니고 무당입니다.

땡 초 그렇다몬, 은희도~?

장 마담 은희는 아니고요, 은희가 노래를 잘 한다는 뜻이지요.

땡 초 얼굴도 미인인데다 노래까지 잘 하몬 이거 난리 나겠는데요.

장 마담   삼촌 생각도 그렇죠?

땡 초   나도 딴따라 생활 20년이 넘었어요. 척보면 감이 온다고요.

장 마담   대박 나겠죠? 대박난다는 말은 바로 우리의 라이벌인, '은 좌 빠'를 이긴다는 말인데, 그깟 옷이 문제겠냐고요.

땡 초   이거 벌써부터 가슴이 벌렁거리는데요.

장 마담   돈도 돈이지만, 우리 '오동동 빠'의 자존심 문제거든요.

땡 초   그렇게 되몬 장 마담은 벼락부자가 되겠는데예. 그리 되 더라도 제발 이 땡초를 버리진 말아 주이소.

장 마담   호호호, 괜한 농담은 그만 두시고, 언제 시간 나면 은희에 게 노랠 한번 시켜보세요. (마침 은희가 화장실에서 돌아오자) 이젠 한 식구가 되었으니, 너에게 특별히 말해 둘 게 있다. 잘 기억해 둬라.

은 희   예, 언니.

장 마담   이 바닥에서는 정신 똑바로 차리지 않으면 정말 큰일 난 다. 쥐도 새도 모르게 끌려가.

은 희   명심할께예.

장 마담   그 대신, 돈은 아쉽지 않게 만질 수가 있다. 이 바닥 생리 가 그래. 그렇다고 너무 겁먹지는 마. 네 옆에는 항상 이 삼촌과 내가 있다고 생각하면 돼.

은 희   (땡초보고) 저는 아무것도 몰라예. 잘 부탁합니더, 삼촌!

장 마담   (은희를 보고) 또한 이 오동동은 유흥가로 소문난 곳이다. 얼 마나 소문이 났던지 지금도 부산에서 술 마시러 온다. 부 산에도 남포동이나 광복동 같은 유흥가가 있지만, 굳이

이 마산까지 오는 데는 다 그만한 이유가 있는 거야.

은 희　그래예?

장 마담　아참, 또 한 가지. 우리 가게 앞에는 '은좌 빠'가 있다. 그곳은 바로 깡패 소굴이다.

은 희　깡패 소굴예?

장 마담　그래. 넌 아직 잘 모를 거다만, 어쨌든 깡패들을 조심해야 한다. 그들은 아마 오늘 밤에 당장 들이닥칠지도 몰라.

은 희　그럼 어떡하지예?

장 마담　절대 놀라거나 당황하지 말아야 한다.

은 희　알았어예, 언니.

장 마담　그리고 우리 가게에는 일하는 아가씨들이 2~30명이나 된다.

은 희　(놀라며) 예?

장 마담　왜 놀래? 2~30명은 보통이야. 많을 땐 50명도 넘어. 그래서 그들의 이름을 다 외우지도 못해.

은 희　그럼 어떡하지예?

장 마담　대신 번호를 부른단다. 각자에게 번호가 있어. 너도 이젠 네 번호를 기억해야 돼.

은 희　그럼, 난 몇 번인데예?

장 마담　원하는 번호가 있냐?

은 희　아무 번호나 주이소. 난 잘 몰라예.

장 마담　그럼 77번을 해.

땡 초　(놀라며) 아니 장 마담, 방금 뭐라 캣소? 77번이라고예? 77

번은 우리 '오동동 빠'에서 가장 예쁘고 가장 매출을 많이

올리는 아가씨에게 주는 번호 아잉교? 우리 '오동동 빠'에

서 넘버 원 아가씨에게 주는 번호 아니냔 말이오. 그런 번

호를 이 초짜에게 준다고?

장 마담 그러니까 은희를 잘 모시라고 했잖아요. 내 옷까지 마음

대로 입으라고 한 사실을 벌써 잊었나요. 은희가 잘해야

우리 '오동동 빠'도 잘된다고요. (은희를 보고) 이제 우리는

안으로 들어가 보자. 당장 오늘 저녁부터 손님을 받아야

하니까. (두 사람이 들어가고 난 후)

땡 초 이기 대체 우찌된 일이고. 그렇게 냉정하던 장 마담이 도

대체 우찌된 일이고 말따, 어이.

암전.

제3장

1개월 후. 저녁 9시 경. 유흥가인 오동동 거리다. 탑 조명이 들어

오면 무대에는 부하 1, 2가 담배를 피우면서 연신 주변을 살피고

있다.

부하 1 야, 도끼야, 니는 눈치 못 챘나?

부하 2 무슨 눈치?

부하 1 증말 못했나 말따?

부하 2 그렇다 캐도. 대체 무슨 일인데 그라노?

부하 1 오야붕이 좀 안 달라졌더나?

부하 2 오야붕이~?

부하 1 아 백사 행님한테 이상한 점을 못 느꼈냐꼬.

부하 2 다른 점이 쪼매 보이기는 하더라만서도~.

부하 1 그렇제. 모두들 말조심하라 카고. 멀리 가지 말고 대기하
라 카고 말따.

부하 2 니 말 듣고 보니 진짜 그렇네.

부하 1 그렇제. 도끼야, 이거 증말 큰일이다. 증말 큰일이라꼬.

부하 2 이 자슥이 와 이리 호들갑을 떨고 있노. 니, 뭔가 알고 있제?

부하 1 (주저한다)

부하 2 말해 봐라. 무슨 일이고 어이.

부하 1 (주위를 살피면서) 곧 상하이 파와 크게 한 판 붙을 것 같다.

부하 2 뭣이라? 상하이 파와~?

부하 1 목소리 좀~. 누가 들으면 우짤라꼬.

부하 2 듣기는 누가~. 우리 둘밖에 없는데.

부하 1 그래도 조심하자. 까딱 잘못하몬 우리 둘 다 골로 간다
고마.

부하 2 시치미를 뚝 떼도?

부하 1 눈치 빠른 오야붕이 가만 있것나. 대번에 우리 둘을 지목
할 낀데.

부하 2 그라모 입에 자크 채우자 고마.

부하 1   도끼야, 절대로 내 말 흘려듣지 마래이.

부하 2   오늘 따라 와 이리 방정을 떨고 있노. 그래 가지고 백사파 조직이라 카것나.

부하 1   도끼야, 아직은 때가 아이다.

부하 2   하지만, 오야붕도 무슨 생각이 안 있것나.

부하 1   생각이야 있것제. 그렇지만 아직은 때가 아이라 캐도.

부하 2   우째서?

부하 1   상하이 박이 그냥 주먹이 아니거든.

부하 2   그 말은 맞다. 상하이 박은 마산에서 알아주는 오야붕 아이가. 아니 오야붕이 아니라 유명인사라 캐도. 어려운 사람들도 많이 도와주고 말따.

부하 1   그래서 아직 때가 아이라 안 카나. 까딱 잘못 건드렸다간 우리 조직만 박살난다꼬.

부하 2   니 말대로라면, 증말 큰일이네. 이 일을 우짜모 좋노?

부하 1   오야붕한테 직언을 해야 하는데 할 사람이 없으니~.

부하 2   오데 남의 말을 듣는 사람이가. 잘못 말했다간 귀싸대기만 얻어맞을 낀데.

부하 1   그래도 말할 사람은 도끼 니밖에 없다.

부하 2   시끄럽다 이 자슥아. 말도 꺼내지 마라. 내는 더 이상 얻어터지기 싫다. (주위를 살피면서) 우리끼리 말이지만, 증말 뭐 같은 성격 아이가. 내는 절대로 안할 끼다.

부하 1   다 저 '오동동 빠' 때문이다.

부하 2   그뿐이 아이다.

부하 1 그라모~?

부하 2 바로 그 가시내.

부하 1 새로 왔다는~?

부하 2 하모. 오야붕이 눈독 들이고 있다 아이가.

부하 1 그라고 보니 인자 쪼매 이해가 되네.

부하 2 그건 또 무슨 소리고?

부하 1 그 가시내 때문에 상하이 파와 한판 붙겠다는 것이네.

부하 2 에이 말도 안 되는 소리다.

부하 1 와 말이 안 되노?

부하 2 그 가시내가 뭣이라고~?

부하 1 니, 오야붕 성질을 몰라서 그라나. 한번 찍은 가시내는 무슨 수를 써서라도 손에 넣고 마는 그 성질 모르나 말따. 그 가시내한테 홀딱 빠졌다 캐도.

부하 2 그렇다꼬 상하이 파와 전쟁까지~?

부하 1 도끼야, 이거 증말 큰일 아이가. 진짜로 한판 붙으면 우짤끼고.

부하 2 그래 말따. 아직은 우리 조직이 상하이 파보다 엄청 약한데 우짜모 좋겠노.

부하 1 쉿 조용히. 저기 누가 온다. (그 순간 '떡, 찹쌀 떡!' 하며 찹쌀떡 장수가 지나간다)

부하 2 에이 참, 찹쌀떡 장산 줄도 모르고~ 놀랬다 아이가.

부하 1 니만 그런 기 아이고 내도 깜짝 놀랬다.

부하 2 (멀지 않은 곳에서 또 인기척이 나자) 야 쌍칼아, 저기 또 누가

온다. 들키기 전에 그만 튀자!

암전.

제4장

1980년 4월 중순. 2장과 같은 무대. 5인조 밴드가 브루스 음악을
연주하는 가운데 조명이 들어오면 농염한 분위기를 풍기는 무대
가 드러난다. 장 마담과 은희가 영업 준비에 한창이다. 이제 은희
는 능숙한 솜씨로 주점 일을 처리한다.

장 마담   (좀 들떠 있다. 은희를 보고) 애들 안에 대기하고 있겠지?

은 희   그럼예.

장 마담   오늘은 다른 날보다 특별히 신경을 더 써야 된다. 귀한 손
님이 오실 거거든.

은 희   그래예? 그렇다면, 아가씨를 더 부를까예?

장 마담   아니다, 그럴 필요까진 없다.

은 희   어떤 분이 오시기에, 이렇게 신경을 쓰지예?

장 마담   이따 보면 알아.

은 희   그라모 더 준비할 것은 없겠어예?

장 마담   (잠시 생각해 본 후) 없는 것 같다. (땡초를 보고) 삼촌, 어떻게
하는 게 좋을까. 연습을 한 번 안 해 봐도 괜찮을까?

은 희	무슨 연습을예?
장 마담	아, 밴드에 맞춰 노래연습 하는 거.
땡 초	안 하는 것보다야 훨씬 낫지예.
장 마담	그래요? 그렇다면, 은희야, 한 곡 해 봐라. 나도 오늘 네 노래 제대로 한번 들어보자. 손님들 오시기 전에 말이다. (땡초와 은희는 무대 쪽으로 간다. 전주에 맞춰서 은희가 '목포의 눈물'을 부른다. 이때 백사가 부하 두 명을 대동하고 들어온다. 그리고 은희가 노래하는 모습을 지켜본다. 은희가 노래를 마치고 나자)
백 사	아따 마, 분위기 쥑이네. 어이 장 마담~.
장 마담	어머나 사장님. 어서 오세요. 어쩐 일이세요. 아무 연락도 없이요.
백 사	저 가시내가 누고? 못 보던 가시낸데~.
장 마담	아 쟤요? 제 고향 동생이에요.
백 사	그래? 그라모 좀 오라 캐봐라.
장 마담	예?
백 사	와, 귀가 어둡나.
장 마담	아 예. 얘 은희야 잠깐 이리로 좀 와.
백 사	(은희가 다가오자 아래위를 살피고는) 아따 물건이네. 얼굴도 예쁘고 몸매도 잘 빠졌고. (음흉한 눈초리로) 니 몇 번이고?
은 희	예?
백 사	몇 번이고 말따.
은 희	77번이라예.
백 사	77번이라. 아따, 진짜 괜찮네. 어이 장 마담.

장 마담	네 사장님.
백 사	월말에 받아가는 거, 지금 주면 안 되것나?
장 마담	예~?
백 사	된다는 말이가, 안 된다는 말이가, 어이.
장 마담	아, 예 예, 됩니다. 드 드려야지요.
백 사	그라모 퍼뜩 가져 온나. 내 지금 바쁘다.
장 마담	예 예, 잠깐만 기다리세요. (안으로 들어간다)
백 사	(은희를 보고) 이름이 뭐꼬?
은 희	은희라고 합니더.
백 사	전에는 오데서 일 했는데?
은 희	여기가 처음이라예.
백 사	처음이라꼬? 그라모 잘 됐네. 아주 잘 됐어. 핫하하~.
장 마담	(가져온 봉투를 백사에게 주며) 여기 있습니다, 사장님.
백 사	(봉투를 받고는) 알았다. 내 바빠서 오늘은 그냥 가는데, 77번 잘 좀 챙겨라. 다른 테이블엔 절대로 앉히지 말고. 내 특별히 부탁 한다. (음흉한 눈초리로 은희를 한 번 더 훑어본다)
장 마담	알겠습니다, 사장님. 안녕히 가세요. (백사 일행이 나간 후) 얘 은희야, 좀 앉자. 내 다리가 후들거려 더 이상 못 서 있겠다.
은 희	그러세요, 언니.
장 마담	(은희도 자리에 앉자) 방금 그놈이 백사다.
은 희	(놀라며) 예?
장 마담	은희 너 조심해라. 널 쳐다보는 그놈 눈초리가 이상해.
은 희	나도 느꼈어예. 조심할께예.

장 마담   그래라.

은 희   그나저나 오늘 장사는 할 수 있겠어예?

장 마담   별수 있나, 해야지. (땡초를 보고) 삼촌, 분위기도 그렇고 하니 밴드한테 연주나 좀 하라고 하세요. 신나는 음악으로요. (장 마담 말이 끝나자 땡초는 악사들에게 연주를 하라는 신호를 보낸다. 잠시 후, 가게 안으로 상하이 박이 들어온다. 그러자 땡초가 악사들에게 연주를 중단시킨다)

상하이 박   핫하하, 장 마담, 잘 계시오?

장 마담   아니 오라버니, 전화라도 주시지 않고요.

상하이 박   전화는 무슨 전화. 그냥 오면 되지.

장 마담   (한껏 들뜬 모습이다) 오라버니. 이쪽으로 앉으세요. 그동안 무척 궁금했어요. 만나 뵙지를 못해서요.

상하이 박   잘 지내고 있어요. 그나저나 기분 좋겠소이다. 장 마담이 마산 돈을 싹쓸이 한다고 난리던데.

장 마담   소문난 잔치에 먹을 게 없다고 하잖아요. 바로 그 짝입니다.

상하이 박   어쨌든 축하하오, 핫하하.

장 마담   고맙습니다, 오라버니. 그게 다 오라버니 덕분입니다.

상하이 박   무슨 과분한 말씀을. 그나저나 무슨 일이지?

장 마담   사실은 소개시켜 드릴 사람이 있어섭니다.

상하이 박   그래요?

장 마담   (은희를 부른다) 얘 은희야, 술 좀 가져오렴. (은희가 술을 가지고 오자) 오라버님, 제 동생입니다. 고향 동생요.

상하이 박   (은희를 보는 순간 흠칫 놀란다. 하지만 이내 아무 일 없다는 듯) 동생이라고요? 좀 앉으세요.

은 희 (술과 안주를 내려놓고는 않으며) 은희라고 해예. 사장님.

상하이 박 어이쿠, 사장님이란 소리는 듣기 거북한데.

은 희 그렇다면 뭐라고 하면 되겠어예, 사장님.

상하이 박 또 사장님이란다. (웃으며) 정 원한다면, 오라버니, 아니 오라버니는 장 마담이 사용하고 있으니, 그럼 오빠라고 하면 어떻겠소. 내가 나이도 많고 하니~.

은 희 그래도 초면인데 어찌 감히 오빠라 하겠어예.

상하이 박 내가 좋다는데 뭐가 문제겠소. 안 그렇소, 장 마담?

장 마담 그럼요. 오라버니가 좋다는데 어느 누가 토를 달겠어요.

은 희 언니까지 와 이래예.

장 마담 애 그럼 연습 삼아 한번 불러 봐, 오빠~라고. 어서.

은 희 (어렵게) 오빠! 아이, 참 어떡해.

상하이 박 으하하, 기분 좋다, 기분 좋아. 나에게 여동생이 생기다니. 이봐요 동생, 다시 한 번 불러줄 수 없겠소?

은 희 (잠시 머뭇거리다) 오빠~.

상하이 박 아니 이게 꿈이야 생시야. 이봐요, 장 마담, 오늘 술값은 전부 다 내가 낼 거요. 알겠소? 핫하하.

은 희 저~, 한 가지 부탁이 있는데예.

상하이 박 부탁? 말해 봐요. 오늘은 어떤 부탁이든지 다 들어 주리다.

은 희 제가 오빠라고 하겠으니, 오빠도 이제부턴 제 이름을 부르시고 말씀도 편하게 해 주이소.

상하이 박 핫하하, 아니 그게 고작 부탁이란 말이오? 난 또 정말 큰 부탁이 있는 줄 알았네. 장 마담, 그래도 되겠소?

장 마담　되고말고요.

상하이 박　그럼 한 잔 마셔야겠구먼. (은희를 보고) 동생, 따라 줄 수 있 겠나.

은 희　그럼예. (술을 따른다)

상하이 박　고마워 동생. (단숨에 마시고는) 아 술맛 좋다. 속이 다 시원 하네. '오동동 빠' 술이 이렇게 맛난 줄을 내 미처 몰랐네. 아참, 우리 다 같이 건배 한번 합시다. 오늘은 내 동생이 생긴 특별한 날이니까.

장 마담　이렇게 기분 좋은 날, 술만 마실 순 없잖아요. 안 그래요 오라버니.

상하이 박　여부가 있겠소. 장 마담 뜻대로 하십쇼.

장 마담　좋습니다. 삼촌, 그럼 한번 시작해 보세요. (장 마담이 땡초에 게 사인을 보낸다. 은희도 악단이 있는 무대로 간다)

상하이 박　장 마담, 동생이 갑자기 왜 저리로 갑니까?

장 마담　조금만 기다려 보세요. 한잔 더 올릴까요?

상하이 박　이런 날 안 마시면 언제 또 마시겠소. 한 잔 줍쇼.

장 마담　한 잔이 아니라 백 잔이라도 드리죠.

상하이 박　장 마담, 정말 고맙소. 이곳 출신도 아닌 나를, 이렇게 챙 겨주는 사람은 장 마담 밖에는 없소. (그러는 사이 밴드의 반주 에 따라 은희의 노래가 시작된다. '비 내리는 고모령'이다. 그 노래의 첫 소절이 시작되자마자 상하이 박은 마치 혼이 나간 듯, 은희 쪽을 멍 하니 바라보고 있다. 노래가 끝나자 상하이 박은 일어나서 박수를 친

다) 브라보, 브라보!

장 마담   어떻습니까, 오라버니.

상하이 박   훌륭합니다, 훌륭해.

장 마담   쟤가 보물이에요. 착하기도 하고요.

상하이 박   하지만 이곳 생활이 여간 힘들지 않을 텐데요.

장 마담   그렇긴 하지만 은희의 사정이 워낙 딱해서~.

상하이 박   깡패들이 가만 두지 않을 테고요.

장 마담   지금까지는 큰 문제가 없었으나~.

상하이 박   그런데요?

장 마담   요즘 들어 백사파들이 갑자기 눈에 불을 켜고 설치네요.

상하이 박   장 마담, 말이 나와서 하는 말인데요, 이런 장사는 오래 할 게 못돼요. 끝에 가면 반드시 후회하게 돼요.

장 마담   그래서 저도 항상 불안하고 초조합니다. 세월도 너무 빠른 것 같고요~.

상하이 박   나이가 들어 갈수록 더 그렇게 느낄 걸요.

장 마담   제 나이가 벌써 마흔을 훌쩍 넘겼습니다. (이때 은희가 돌아오자) 얘, 오빠 곁에 앉아라.

상하이 박   (일부러 은희에게 무관심한 척하며 장 마담을 보고) 깡패들을 조심해야 합니다.

장 마담   그렇다고 장사를 안 할 수도 없네요.

상하이 박   참, 요즘 백사 그놈은 어떤가요?

장 마담   자꾸 트집을 잡아 돈을 뜯어갑니다.

상하이 박   그놈 정말 나쁜 놈입니다. 항상 조심하세요.

장 마담	잘 알겠습니다. 근데 가장 걱정 되는 것은~.
상하이 박	말해 보세요.
장 마담	(은희의 눈치를 보며) 그놈이 은희에게 눈독을 들이고 있어요.
상하이 박	뭐라고요?
장 마담	바로 좀 전에도 왔다 갔습니다.
상하이 박	또 돈 뜯으러 왔겠지요?
장 마담	예. 돈을 가져가면서, 은희를 음흉한 눈초리로 훑어보지 뭡니까.
상하이 박	조심해야 합니다. 두 사람 다요.
장 마담	사실 우리 가게 아가씨도 여럿 당했습니다.
상하이 박	저런 죽일 놈~. 그건 그렇고 은희는 앞으로 어떻게 할 계획이냐?
은 희	아직은 뭐가 뭔지 잘 모르겠어예. 그래서 사실 아무 계획도 없어예.
상하이 박	아무리 그래도 앞날에 대한 계획은 반드시 세워둬야 한다. 그것도 빠르면 빠를수록 더 좋고 말이다.
은 희	전 배고픔이 가장 무섭던데예. 먹는 것만 해결되고 돈만 벌 수 있다면 무슨 일이든 할 거라예.
상하이 박	은희는 아직 잘 모르겠지만, 인생은 참으로 험하고도 외로운 여정이란다. 아무리 친한 사람이라도 끝까지 동행해 줄 수는 없어. 결국에는 혼자서 가야만 하는 것이 인생길이지.
은 희	오빠 말씀 가슴 깊이 새겨 둘 께예.

장 마담   백사 그놈만 없다면 아무 걱정이 없을 텐데~.

은 희   경찰에 신고하면 안 될까예?

장 마담   애, 아무 소용없다. 그놈들은 모두 다 한 통속이야. 까딱 잘못하다간 우리만 보복당해.

상하이 박   그건 언니 말이 맞다. 하지만 너무 걱정들 마세요. 세상에 그냥 죽으란 법은 없으니까. 나도 관심을 가지고 지켜보리다. 그건 그렇고 우리 술이나 한잔 합시다. 모든 일이 잘 풀리라는 의미에서요.

장 마담   애 은희야. 뭐하고 있니.

은 희   오빠, 받으세요.

상하이 박   나만 마실게 아니라 우리 같이 듭시다. (세 사람은 같이 마신다) 분위기도 그렇고 하니, 이제는 내가 신세타령 좀 하리다.

은 희   신세타령이라고예? 오빠도 그런 게 있어예?

상하이 박   이 세상에 고민 없는 사람은 없단다.

은 희   그래예? 그럼 말씀해 주이소.

상하이 박   한창때, 내가 중국 상하이에서 지낸 적이 있었단다. 상하이 박이란 이름도 그때 얻었지.

은 희   참 멋져예. 그 이름이예.

상하이 박   처음 보는 너에게 왜 오빠라 부르라고 한 줄 아니?

은 희   그야 잘 모르지예.

장 마담   저도 그게 궁금해요. 그리고 은희를 보자마자 많이 놀라기도 하셨고요.

상하이 박   벌써 눈치 챘군요. 그렇다면 한잔 더 하렵니다.

장 마담 얘, 넌 왜 그렇게 쑥맥이냐.

은 희 아 예, 언니. (술을 따르고 나서) 저도 한잔 주이소. 오빠와 같이 있으니 저도 마시고 싶네예.

상하이 박 그래? 그럼 한잔 받아.

은 희 고마워예, 오빠. 우리 같이 건배 하입시더. 언니도예.

장 마담 얘, 어쩐 일이야. 평소엔 입에 대지도 않더니. 오빠가 좋긴 좋은가 보네. 그래 그럼 건배하자. (세 사람 건배한다)

은 희 (술잔을 내려놓으며) 오빠와 같이 있으니 갑자기 제 오빠 생각이 나네예.

상하이 박 은희에게 오빠가 있었나?

은 희 예. 저보다 다섯 살 위였어예.

상하이 박 오빠가 잘해 줬는가 보지.

은 희 얼마나 잘해 줬는데예. 하나뿐인 여동생이라고예. 그런데 그 오빠가 고3 때 그만~.

상하이 박 왜? 무슨 일이 있었어?

장 마담 자살했어요. 목 매달아.

상하이 박 (놀라서) 뭐라고요?

장 마담 내가 짝사랑을 했거든요. 그땐 정말 나도 같이 죽고 싶었어요. 세월 탓인지 이제는 무덤덤해졌지만요.

상하이 박 아니 이게 대체 어찌된 일이지?

은 희 오빠 곁에 있으니, 마치 죽은 오빠가 환생한 것 같네예. 기분도 좋고예. 호호호~.

장 마담 어머 얘가 벌써 취했나봐, 평소완 달리 안하던 짓을 다 하고. 오라버니 이해하세요.

상하이 박 핫하하, 오히려 난 기분이 좋은데요.

은 희 오빠, 오빠와 같이 있으니 마음이 편안해예. 난 벌써 술 보다는 오빠한테 취했나 봐예. 한잔 더 해도 되겠지예.

상하이 박 그래라, 은희야. 오늘은 취해도 된다. 마시고 싶으면 얼마든지 마셔라. 한 잔의 술은 보약이란 말도 있지 않느냐. 그리고 이제부턴 나를 친오빠라 생각해라.

은 희 정말이라예? 정말 그래도 되나예?

상하이 박 사실은 나도 가출한 놈이다.

은 희 (깜짝 놀라며) 예?

상하이 박 열다섯 살 때였지.

은 희 오빠와 난 정말 운명적인 만남이네예. 호호호~.

장 마담 어머 쟤가 정말 취했나 봐. 얘 은희야!

상하이 박 괜찮습니다. 그냥 두세요.

은 희 계속해 보이소, 오빠. 호호호~.

상하이 박 우리 아버지가 천하의 난봉꾼이었어. 술만 취하면 어머니를 두들겨 패고, 집안을 쑥대밭으로 만들고~.(은희의 얼굴이 차츰 일그러진다) 정말 인간 말종이었지. 죽이고 싶을 때가 한두 번이 아니었어. 조금만 더 같이 살았다면 아마 살인을 했을지도 몰라.

은 희 (비명을 지르듯) 그만 하세요 오빠. 제발요~.

상하이 박 왜 그래, 은희야.

은 희 (환각 상태에 빠져든 듯) 흑흑흑, 불쌍한 우리 엄니, 불쌍한 우리 오빠~. 모두 다 그 인간 때문이라예. 제발 엄니를 때리지 마이소. 엄닐 때리지 말라고예. 엄니~, 차라리 그 인간을 죽여 버리세요. 언어맞지만 말고예, 엄니, 흑흑흑~.

상하이 박 (은희를 감싸 안으며) 괜찮다 은희야. 괜찮아. 이젠 아무 걱정하지 마라.

은 희 오빠! 흑흑흑~.

장 마담 은희야 정신 차려! 얘 은희야!

은 희 (잠시 후, 정신이 돌아온 듯) 죄송해요 오빠, 그리고 언니. 저는 엄니가 두들겨 맞는단 말만 들어도~.

상하이 박 트라우마 때문일 거다. 괜찮아 은희야. 이젠 아무 걱정 하지 마라. 이제부턴 내가 지켜 줄게. 그리고 이제 내 얘긴 안 하마.

은 희 아니라예. 괜찮아예. 계속해 주이소 오빠. 듣고 싶어예.

상하이 박 그래? 그럼~. (술을 한잔 더 마신 후) 집을 나오고 보니 갈 데가 없었다. 그래서 끝없이 방황을 했고, 결국에는 싸움판에서 살다시피 했지. 그러다가 우연히 상하이까지 가게 됐어.

은 희 거기서는 뭘 하셨는데예?

상하이 박 건달과 소매치기. 배운 게 그것 밖에 없었으니까. 하지만 가난하고 약한 사람은 절대 안 건드렸다. (은희를 보고) 한잔 더 줄 수 있겠니?

은 희 드리고말고예. 자예, 오빠.

상하이 박 (술잔을 받으며) 장 마담, 내가 많이 마시지요?

장 마담　　그렇네요. 다른 때와는 달리요.

상하이 박　　내 여동생 때문이오. (잠시 생각에 잠겼다가) 내가 상하이에 있을 때, 어느 날 느닷없이 여동생이 죽었다는 소식을 들었어요.

은　희　　(장 마담도 같이 놀란다) 예?

상하이 박　　겨우 열다섯의 어린 나이에~. 그런데 참 묘한 것은 내가 열다섯에 집을 나왔는데, 내 여동생도 열다섯에 죽었다는 사실이오. 마치 운명의 장난처럼.

은　희　　어떻게 그런 일이~.

상하이 박　　하나밖에 없는 여동생이었어.

은　희　　무슨 병으로예?

상하이 박　　얼마나 힘들었는지 그만 목을 맸다더군.

은　희　　(장 마담과 동시에) 아이고 세상에, 이를 우짜노~.

상하이 박　　그런데 그 소식을 듣고도 난 동생에게 가지를 못했어.

은　희　　와 못 갔는데예?

상하이 박　　돈이 없어서. 영 미치겠더라고. 그래서 더더욱 닥치는 대로 주먹을 휘둘러댔지. 마치 미친놈처럼. 그러다가 우연하게도 독립 운동가를 만나게 된 거야.

장 마담　　백범 선생님이라는 소문도 있던데요?

상하이 박　　그래요. 백범 선생이지.

은　희　　어머나, 그래예?

상하이 박　　내가 일본 귀부인들의 핸드백을 수없이 훔쳤거든. 그 속엔 많은 돈과 귀한 보석들이 가득 들어 있었고~.

은 희 그걸 다 어떻게 했는데예?

상하이 박 전부 다 임시정부에 갖다 줬지. 아마 수백 번도 더 그랬을
거야. 엄청난 금액이었지. 그랬더니 어느 날 백범 선생께
서 한 말씀하시더라고.

은 희 무슨 말씀을예?

상하이 박 이제부턴 건달 생활은 그만 두고, 본격적으로 독립운동을
하라는 거야. 그래서 독립운동에 가담하게 됐지.

은 희 그랬었군요. 이제 보니 오빠는 독립군이었네예. 난 첫눈에
알아 봤어예. 오빠가 보통 분이 아니란 사실을예. 그렇지
예 언니?

장 마담 애, 두 말하면 잔소리다.

상하이 박 왜들 이러시나.

은 희 아니라예. 오빠가 너무 자랑스러워서예.

상하이 박 은희야, 나보고 오빠라 부르라고 한 것은~.

은 희 그 이유가 진짜 궁금해예.

상하이 박 그래? (잠시 침묵하다가) 니가 내 여동생을 빼닮았기 때문
이다.

은 희 어머나 그래예?

상하이 박 아까 처음 봤을 때, 너무 놀랐다니까. 내 여동생을 쏙 빼닮
아서. 그리고 좀 전에 부른 그 노래는~.

은 희 그 노래가 와 예?

상하이 박 그 노랜, 내가 상하이에서 돌아와 서울을 떠돌 때, 그리고
또 6·25전쟁이 터졌을 때 피난 다니면서 부르던 노래였

다. 특히나 어머니가 그리울 때면 한없이 부르던 노래였
어.

은 희　그래~예?

장 마담　그래서 그 노래가 시작되자마자 망연자실하셨군요.

상하이 박　그렇다오. 그 노래가 내 폐부를 찔렀거든. 순간 정신이 혼
미해지고 말았고. 아니 꿈을 꾸는 것 같았지. 아차 싶어 퍼
뜩 정신을 차리고 보니 좀 당황스럽더라고. 은희에겐 미
안하기 짝이 없게 되었지만~.

은 희　미안하긴예, 전 오히려 영광인데예.

상하이 박　그렇게 생각한다면 정말 고맙고. (시계를 보며) 벌써 갈 시간
이 되었네. 은희야~.

은 희　예 오빠.

상하이 박　힘들겠지만 어쩌겠냐. 이왕 이런 일에 발을 담갔으니 이
제부턴 가능한 한 돈부터 모아라. 돈이 우리 인생의 주된
목적은 아니나 우리 인생에서 꼭 필요한 것이 또한 돈이
란다. 돈 말을 하니까, 내가 속물처럼 보이지?

은 희　아니라예, 오빠. 전 돈을 많이 버는 것이 소원이라예. 돈
때문에 가출까지 했거든예.

상하이 박　은희야, 앞길이 창창한 너에게 천박한 장사꾼처럼 자꾸만
돈을 들먹여서 미안하구나.

은 희　아니라예, 저도 뼈저리게 느끼고 있어예. 꼭 돈을 벌 거라
예. 오빠 말씀 명심할게예.

상하이 박　내 자주는 못 오겠지만 신경은 쓸게. 그리고 죽은 내 동생

한테 못한 오빠 노릇, 이젠 너한테 할게. 빈말이 아니다. 지금은 별 볼일 없는 놈이지만, 그래도 왕년엔 상하이를 주름잡았던 놈이다. 핫하하~.

암전.

제5장

1개월 후인 5월 중순. 4장과 같은 무대. 장 마담과 은희가 영업 준비를 하고 있다. 땡초와 다른 악사들은 자기 악기들을 점검하고 있다. 홀엔 LP판을 통해서 블루스 음악이 흘러나오고 있다.

은 희   언니, 백사 소문 들었어예?

장 마담   아니, 못 들었는데.

은 희   어젯밤에 손님 테이블을 지나 가다가 얼핏 들었는데~.

장 마담   그래? 그럼 자세히 좀 얘기해 봐.

은 희   자세히는 못 듣고예, 백사가 조직원들을 불러 모은다, 오동동에 큰 일이 터질 것 같다, 뭐 대충 그런 얘기였어예.

장 마담   그런 소문이 사실이라면, 이거 보통 일이 아니다.

은 희   우짜몬 좋을까예? 난, 백사 그놈 얼굴만 쳐다봐도 소름이 돋아예.

장 마담   나도 같은 생각이야. 하지만, 어쩔 도리가 없다. 그놈들 눈

밖에 나면 이런 장사도 못해 먹으니까.

은 희 도대체 경찰들은 뭐하고 있는가예.

장 마담 모두 다 한통속이라서 그래. 깡패들의 상납 때문이지.

은 희 다른 가게들도 전부 다 당했다는데예. '은좌 빠'만 빼고예.

장 마담 '은좌 빠'는 백사가 뒤를 봐주고 있거든.

은 희 백주 대낮에 조폭들이 활개를 치는 세상이니 이게 도대체 나랍니까. 경찰이 폭력배를 단속 안하면 도대체 누가 하는고예.

장 마담 너무 열 받지 마라. 그래봤자 우리만 손해다.

은 희 이렇게 썩어빠진 나라는 한번 뒤집어져야 한다꼬예. 그래야 깡패와 비리 공무원들을 싹 다 정리할 수 있고예.

장 마담 은희야, 네가 나보다 낫구나.

은 희 놀리지 마이소, 언니.

장 마담 놀리는 게 아니야. 구구절절 네 말이 맞아서 그래.

이때, 왁자지껄 떠드는 소리와 함께 백사가 등장한다. 부하 2~3명과 함께이다.

백 사 아따 마, '오동동 빠' 억수로 좋아졌구마. 삐까번쩍 해졌고 말따.

장 마담 (화들짝 놀라며) 어머 어서 오세요 사장님. 어쩐 일로 이렇게 이른 시간에.

백 사 (거만하게) 장 마담, 이거 와 이라노. 장사 좀 된다꼬, 사람

괄시하고 무시하고 이럴 끼가 증말.

장 마담 아이 참, 사장님도. 누가 그래요? 자 자 이쪽으로 좀 앉으세요. (일행을 보고) 여러분도 좀 앉으시고요.

백 사 야, 내가 술 얻어 묵으러 온 줄 아나. 이거 와 이라노, 사람 섭하거로.

장 마담 그럼 혹시 우리 애들이 무슨 실수라도 했나요?

백 사 저 가시내~.

장 마담 누굴 말씀하시는지~?

백 사 내 말 못 알아 묵것나. 77번, 저 가시내 말따.

장 마담 아, 예.

백 사 좀 오라 캐라.

장 마담 아, 예. (은희를 보고) 얘 은희야~.

백 사 오면서 맥주 몇 병 가져오라 캐라.

장 마담 알겠습니다. (은희를 보고) 얘, 오면서 맥주도 좀 가져 와. (백사를 보고) 사장님, 아가씨는 몇 명이나 부를까요?

백 사 다른 가시내는 필요 없다.

장 마담 저분들은요?

백 사 내 말 못 알아 묵것나? 필요 없다, 안 카나.

장 마담 알겠습니다, 사장님.

백 사 요새 콧대가 엄청 높아졌다 카던데?

장 마담 누가요?

백 사 누군 누구겠나. 여기 장 마담 말고 누가 또 있나?

장 마담 아이 참 사장님도. 농담도 잘하시네요.

백 사 내가 니하고 농담할 군번이가, 어이? 경고 하는데, 니 말 조심 해라. 그런데 이 가시내는 와 이리 꾸물대고 있노. 술 가져 오는데 와 이리 시간이 걸리노, 말따.

장 마담 저기 오고 있네요. (은희에게) 이리로 놓으면 되겠다. (은희가 술을 내려놓자) 좀 앉아라.

백 사 퍼뜩, 술이나 한 잔 따라 봐라.

은 희 (술을 따르며) 잘 보살펴 주이소. 사장님.

백 사 지난번에는 벌로 봤는데, 증말 예쁘네. 몸매도 증말 빵빵하고 말따. 장 마담, 니 오데서 이런 대물을 구했노?

장 마담 아이 참, 사장님도. 제 고향 동생이라고 했잖아요.

백 사 니, 불종거리에 쫙 퍼진 소문은 알고 있것제?

장 마담 소문이라니요?

백 사 내도 눈치가 빠른 놈이다. 그렇게 시치미 뚝 떼면 안되제.

장 마담 전 정말 몰라요, 사장님.

백 사 77번 때문에 '오동동 빠'가 떼돈을 번다 카던데, 뭐라 카고 있노. 혼자 묵지 말고, 좀 갈라 묵자꼬.

장 마담 사장님도 참. 손바닥만 한 이 술집에 손님들이 와봐야 얼마나 오겠어요. 전부 다 헛소문이에요.

백 사 내 오늘 이 가시내를 데리고 나갈라 카는데, 되것제?

장 마담 (깜짝 놀라며) 예?

백 사 와 그리 놀라는데?

장 마담 오늘따라 왜 이러세요, 사장님. (분위기를 바꾸려 애를 쓴다) 얘 은희야, 사장님께 어서 한 잔 올려라.

백 사   안 된다는 말이가?

장 마담   사장님, 은희는 밖으로 나가는 애가 아니에요.

백 사   봐라, 봐라, 이래도 사람 차별 안하는 기가, 어이. 사람을
         차별하몬 안 되제. 내도 내라 카는 놈이라꼬. (은희를 보고,
         빈정대는 투로) 니 노래도 잘한다면서? 그라모 노래 한 곡
         해봐.

은 희   사장님, 죄송하지만예, 오늘은 제가 몸이 좀 안 좋습니더.

백 사   아니, 이것들이 사람을 우찌 보고 있노. 이 백사를 우찌 보
         노 말따. 오동동 백사가 홍어 좆같이 보이는 갑제, 어이.

은 희   아닙니다, 사장님. 제가 증말 몸이 아파서~.

백 사   얼마 전에는 잘 놀았다 카던데. 여기서 말따. 노래도 부르
         고 춤도 추고 난리 났다 카던데. 그런데 오늘은 안 된다
         꼬? (테이블을 걷어차며) 이년들이, 사람을 우찌 보고 있노?
         야, 장 마담, 내가 뭐로 보이노 어이? 확 다 뿌사 삘라 마.

장 마담   왜 이러세요, 사장님. 제발 좀 참으시고 술이나 한 잔 드세
         요 예. (이때, 같이 온 일행 중 하나가 백사에게 귓속말을 한다)

백 사   벌써? 알았다. (장 마담에게) 내 급한 일이 있어서 잠시 나갔
         다 올 끼다. 그러니 77번 저 가시내는 다른 테이블엔 절대
         로 앉히지 마라. 알것제. 내 말 우습게 듣지 마라. (일행을 보
         고) 야, 가자.

은 희   (그들이 나간 후) 언니, 이제 어쩌면 좋지예?

장 마담   어쩌겠냐. 설마 죽기 이상 더 하겠냐. 나는 괜찮다만 네가
         걱정이다. 그놈이 네게 눈독을 들이고 있으니~.

은 희	나도 이미 각오하고 있어예. 그러니까 너무 걱정하지 마이소.
장 마담	그래도 걱정이 태산이다. 좋은 방법이 없을까?
은 희	(잠시 생각을 하다가) 혹시 이렇게 하면 안 될까예.
장 마담	어떻게?
은 희	오빠에게 말씀 드려보면예.
장 마담	은희야, 어쩜 우리 둘이 똑 같은 생각을 할 수가 있니?
은 희	좋다는 말이군요. 그렇다면 전화 한번 해 볼까예.
장 마담	그럴까?
은 희	한번 해 보자고예. 안되면 할 수 없고예.
장 마담	좋다. 그렇다면 전화 한번 해 보자. (두 사람은 함께 가서 전화를 건다. 신호가 몇 번 가더니 상대방이 전화를 받는 것 같다) 여보세요? 오라버니세요? 저예요, 잘 계시죠? 은희요? 옆에 있어요. 바꿀까요? 예, 잠깐만요. 너 바꿔 달랜다. (전화를 바꿔 주면서 말을 하라는 사인을 보낸다)
은 희	오빠, 전데예. 사실은, 잠깐 뵐 수 없나 해서예. 저희 가게로요. 좀 급한 일이라서~. 예, 고맙습니더.
장 마담	그래 뭐래? 오신대?
은 희	마침 바로 요 위 가게에 있다네예. 컨테넨탈 다방에예.
장 마담	그럼 잘 됐다. 참 삼촌도 이리 좀 오세요. 오라버니가 삼촌도 좋아 하니까요.
땡 초	(다가오면서) 인자 우짤 계획잉교? 백사 그놈이 가만 안 있을 끼라 캤는데.

은 희 가만 안 있으면예. 죽기 이상 더 하겠어예? (이때 상하이 박이 급히 들어온다. 모두들 반색을 한다. 장 마담이 안내를 한다)

상하이 박 무슨 일이지? 다들 잘 지냈고? (자리에 앉으며 은희를 보고) 그래 무슨 일이냐? (아무도 말이 없자) 다들 얼굴에 쓰여 있구면. '걱정이 태산'이라고. (서로가 눈치만 보고 있자) 은희야, 이제 너와 난 오누이 사이가 아니냐. 그러니 망설일 필요가 없잖냐. 그리고 난 다른 약속이 있어서 바로 가야 하거든.

장 마담 그렇다면 말씀드려야겠네요. 오라버니, 좀 전에 백사란 놈이 왔다갔어요.

상하이 박 (놀라며) 백사가? 이번엔 또 무슨 일로? (모두 말이 없자) 어서 말해 봐요.

장 마담 은희를 데리고 가겠답니다.

상하이 박 뭐라고요?

장 마담 우리도 깜짝 놀랐어요. 급한 일이 있다면서 나갔는데, 다시 또 올 거라고 했어요.

상하이 박 그 밖에 또 다른 말은?

은 희 저보고 노랠 부르라기에 몸이 아프다는 핑계로 거절했더니, 노발대발 하면서 난리를 쳤어예.

상하이 박 그놈이 또 무슨 꼬투리를 잡으려고 그러는 거야. 그러니 너무 걱정하지 마라. 나도 한번 알아보마. 그건 그렇고 우리 악사님한테 부탁 좀 합시다. 조만간 서울에서 귀한 손님들이 오시는데, 그분들을 이곳으로 모시려 하거든요. 그러니 그때 잘 좀 부탁하겠습니다.

땡 초 여부가 있겠습니까. 일정을 알려주시면, 최대한 준비를 하 겠심더.

상하이 박 고맙습니다. 은희도 장 마담과 의논해서 신경 좀 써 다오. 오빠가 특별히 부탁한다.

은 희 염려 놓으이소, 오빠. 누구 부탁인데예. (이 때, 백사가 씩씩거 리며 들어오다, 상하이 박을 발견한다)

백 사 (거들먹거리며) 아니 이게 누구시오, 상하이 행님 아니십니꺼.

상하이 박 신관이 좋아 보인다, 백사. 그래 여기에는 어쩐 일인가?

백 사 와, 내는 오면 안 되는 곳입니꺼?

상하이 박 안 되긴. 누구든지 와서 팔아주면 어느 누가 싫어하겠나.

백 사 행님, 이 백사, 옛날과는 많이 다릅니더. 그러니 잘 좀 봐 주이소. 이제 행님 말고는 마산 바닥에서 이 백사를 건드 릴 사람은 아무도 없습니다.

상하이 박 무슨 소린가. 난 벌써 한물 간 사람인데. 곧 백사 세상이 오지 않겠어? 그러니, 약한 사람들을 잘 좀 도와주라고.

백 사 이왕 이렇게 만났으니 나도 부탁 하나 하겠습니더.

상하이 박 부탁?

백 사 들어줄 거라 믿어도 되겠지예?

상하이 박 아니, 우선 들어봐야, 들어주던지 말든 지 할 게 아닌가.

백 사 백사의 처음이자 마지막 부탁이라 생각하고 들어 주이소.

상하이 박 먼저 말을 해 보래도.

백 사 저 가시내를 데리고 가야겠습니다.

상하이 박 뭐야 백사, 방금 뭐라 그랬어?

백　사	반복할까예? 77번 가시내를 데리고 가겠다고예.
상하이 박	너 지금 제 정신이야? 그래, 이 아가씨한테 허락 받았어?
백　사	아따 참 놀랄 일이구마. 우리가 언제부터 술집 가시내들한테 허락을 받고 자시고 했능교?
상하이 박	뭣이라?
백　사	술집 가시내들이 다 그렇고 그런 거지 뭐, 이 가시내라고 다르겠능교?
상하이 박	말조심해라, 백사. 난, 같은 말을 반복하는 사람 아니다.
백　사	내도 한번 뱉은 말은 거두어들이지 않는 사람이라꼬. 그러니 더 이상 신경 끄고 눈 좀 감아 주소. 그래도 내 여태껏 행님을 존경해 왔기에 하는 말이요. 안 그랬으면 이런 말도 안 하제. (은희의 손목 잡아끌면서) 자, 그라모, 니는 나와 같이 가자.
상하이 박	(일어나면서 나지막하나 단호한 목소리로) 그 손 좀 놓지 그래. 좋은 말로 할 때.
백　사	못 놓겠다몬? 이미 들었을 낀데. 이 백사도 한번 한다면 하는 사람이라꼬.
상하이 박	내 마지막 경고다 백사. 그 손 좀 놓지.
백　사	못 놓겠소. 정 그렇다몬 오데 와서 한번 뺏어가 보든가.
상하이 박	그래? 그렇다면~. (조금의 망설임도 없이 백사에게 성큼성큼 다가간다. 순간 백사는 상하이 박의 행동을 전혀 예상치 못한 듯, 은희의 손목을 놓고는 그에게 도전하는 자세를 취한다. 두 사람 사이엔 팽팽한 긴장감이 흐른다) 다른 사람 눈도 있고 하니, 오늘은 그만

49

조용히 꺼져!

백 사   (화가 치민 듯) 그렇게는 못 하제. 이런 창피를 당하고 그냥 은 못 가제. 또 그럴 기분도 아니고. (순간적으로 상하이 박을 공격하나, 그는 상하이 박의 상대가 되지 못한다. 잽싸게 피한 상하이 박의 한방에 나가떨어지고 만다)

상하이 박   (한 발로 백사의 목을 짓누르고는) 그냥 조용히 가. 여기에 건달 들은 하나도 없어. 그러니 소문도 안 나. 그러면 백사 너의 체면은 선다. 자, 어쩔래? (백사의 목을 밟은 발에 한 번 더 힘을 준다)

백 사   (숨이 막히는 듯, 그러겠다는 손짓을 한다)

상하이 박   오늘은 내 동생 때문에 참는다. 안 그랬으면 넌 벌써 황천 길 갔어. 그러니 조용히 나가. 이게 상하이 박이 베푸는 최 고의 예의라는 걸 잘 기억하고. (밟고 있던 그의 목을 놓아준다)

백 사   (겨우 일어나서는) 내 이 치욕을 반드시 갚아 줄 끼다. 이 백 사를 건드린 놈의 최후가 어떻게 되는 지를 똑똑히 보여 줄 끼다. (그는 비틀거리면서 나간다. 그가 나간 후)

은 희   오빠~, 괜찮아예? 어디 다치신 덴 없고예?

상하이 박   괜찮다. 너무 걱정하지 마라. 난 이미 산전수전 다 겪은 놈 이다.

은 희   그래도 오빠~.

상하이 박   자 자 다들 자리에 좀 앉아요. 내 할 말이 좀 있어요. (모두 자 리에 앉고 나자) 난 오늘 같은 사태를 이미 예견하고 있었어 요. 이런 장사가 원래 이래요. 그래서 힘들 거라는 말을 언젠가 했고요. 훗날을 대비해야 한다는 말도 한 적이 있을 겁니다. 그래서 한 번 더 말씀드리고 싶네요. 이런 험한 장사는 이제 그만 두고 또 다른 장사를 한번 생각해 보세요.

은 희 배운 게 술 장사 밖에 없는데예.

상하이 박 동생아, 술장사도 그렇다. 세상에는 이런 술집만 있는 게 아니다. 이런 술집은 깡패들 때문에 하기가 힘들어. 좀 전에도 봤잖니. 결국 끝에 가서는 돈 잃고 몸까지 버린다. 그러니 배운 게 술장사 밖에 없다면, 깡패들 걱정 없는 조그만 선술집을 하나 하면 어떨까 싶다만~.

은 희 선술집이라고예? 선술집이 어떤 곳인데예?

장 마담 애, 선술집도 몰라. 일반 서민들이 자주 가는 싸구려 술집 같은 곳이 바로 선술집이야. 안 그래요, 오라버니?

상하이 박 핫하하, 그래요. 그렇다고 보면 돼요. 하지만, 선술집은 이런 빠와는 달리 사람 냄새가 나는 술집이다. 또한, 그런 선술집은 악사 삼촌 같은 예술가들이 즐겨 찾는 곳이기도 하지.

은 희 그래예? 예술가들이 자주 찾는 술집이라면 그 분위기가 푸근하겠는데예. 낭만적이기도 할 거고예. 하지만, 깡패들이 그곳까지 또 찾아오면 어떡하지예?

상하이 박 그런 걱정은 안 해도 된다. 그놈들이 더 잘 알기 때문이야. 그런 술집에는 뜯어갈 돈이 없다는 사실을 말이다. 그러니 그런 선술집으로는 제발 오라고 부탁을 해도 안 온다.

은 희 그렇다면 언니와 의논해 봐야겠네예. 어쨌든 오늘 너무 고맙습니더. 오빠가 아니었으면, 전 꼼짝없이 끌려갔을 거라예. 이 은헨 죽어도 안 잊을께예.

상하이 박 무슨 소리야. 너와 나 사이에. 그러니 인사치례의 말은 하지 마. 그 보다는 말이다. 백사 그놈이 오늘은 그냥 갔지만, 절대로 가만있을 놈이 아니다. 그러니 이곳에 오래 있다가는 어떤 험한 꼴을 당할지도 몰라. 그래서 하는 말인데~.

은 희 말씀 하이소. 전 괜찮아예.

상하이 박 내 생각에는 은희가 이런 생활을 하루 빨리 접는 게 좋을 것 같다.

장 마담 저도 같은 생각이에요. 하지만, 당장 은희를 내 보낼 수가 없는 처지라서~.

상하이 박 그런 문제라면 너무 걱정 마세요. 나이 살이나 먹은 내가 아무 생각도 없이 불쑥 말부터 던지겠습니까.

장 마담 그렇다면~?

상하이 박 (손목시계를 보며) 내 단도직입적으로 말하리다. 난 사실 그 동안 많은 생각을 해 왔어요. 내가 은희를 위해서 할 수 있는 일이 무엇일까 하고요.

은 희 이렇게 골탕만 먹이고 있는데도예. 정말 면목 없어예, 오빠.

상하이 박 면목 없다니. 내겐 큰 힘이 되고 있는데. 사실은 오늘 준비를 좀 해 왔다. 내일이라도 선술집을 하려면 돈이 필요할 테니까. 나도 이런 사정을 좀 안다. 내, 장 마담의 처지를 잘은 모르지만, 은희에게 보태줄 돈이 별로 없을 것으로 본다. 깡패들에게 다 뺏겼기 때문이지. 그래서 장 마담 대신, 내가 은희에게 작은 성의를 표하려고 하는데 먼저 장 마담이 허락해 주면 좋겠네요.

장 마담   저야 그래 주시면 고맙죠. (은희는 말없이 어깨만 들썩인다)

상하이 박   괜찮다 은희야.

은 희   오빠~!

상하이 박   내가 위험한 건달 세계에 반쯤 발을 걸치고 있기에 언제 어떤 변을 당할지도 모른다. 그게 건달세계의 현실이다.

은 희   그럼 우린 어떡하고예?

상하이 박   인간은 누구나 한번쯤은 괴롭고 힘든 일을 겪게 돼 있다.

은 희   가난이 한이 되어 집을 나왔는데예. 돈에 한이 맺혀 어머니 손길까지 뿌리치고 나왔는데예. 난 이제 어쩌면 좋아예. 그동안 보살펴준 언니의 은혜는 또 어쩌고예.

상하이 박   그래서 장 마담을 대신해서 주려는 거다. 장 마담이 주는 것이라고 생각하면 돼.

장 마담   오라버니. 정말 고맙습니다.

상하이 박   별 말씀을요. 은희야, 달리 할 게 없다면 작은 선술집을 한번 해 봐. 그리고 가능하면, 그 선술집을 예술가들의 안식처로 만들어 봐.

은 희   오빠~.

상하이 박   내가 서울에서 생활할 때는, 뭣도 모르고 연극판을 맴돌기도 하고, 또한 많은 예술가와 어울려 술도 많이 마셔 봤다. 그러면서 느낀 점은 그들은 거의 모두가 심성이 착하고 순수하다는 거야. 그래서 그런 사람들을 상대로 선술집을 한번 해 보라는 거다. 특히나 우리 마산에는 훌륭한 예술가들이 많기 때문이다.

은 희 전 마산 출신이 아니라서, 잘 모르는데예.

상하이 박 그래? 그렇다면 '가고파'란 노래도 몰라?

은 희 그 노랜 알지예. 학창시절에 배웠으니까예.

상하이 박 그 '가고파'의 노랫말을 쓴 사람이 마산 출신이야.

은 희 예?

상하이 박 바로 노산 이은상 선생이시다.

은 희 그래예? 그럼 또 다른 분들은예?

상하이 박 너 선구자란 노래는 알아?

은 희 알고 말고예.

상하이 박 그 노래를 작곡한 분이 조두남 선생이야. 현재 마산에 살고 있지. 그리고 조각가 문신, 연극인 배덕환과 정진업 선생도 모두 마산 출신이야. 그 외에도 많아. 밤하늘의 은하수처럼.

은 희 그런 훌륭한 분들을 제가 모신다고예?

상하이 박 모르는 게 있으면, 저 삼촌에게 물어보면 될 거 아니냐.

장 마담 오라버니, 정말 고맙습니다. 제가 미처 그런 생각을 못했네요.

상하이 박 무슨 말씀을요, 장 마담. (은희를 보고) 은희야, 어떤 일을 하더라도 끝까지 최선을 다해야 한다. 그러면 반드시 그 댓가가 돌아와. 그리고 아무리 살기가 힘들더라도 상선약수(上善若水)란 옛말을 기억해 둬라.

은 희　상선약수라고예?

상하이 박　그렇다. 상선약수. 인생을 물 흐르듯이 그렇게 모나지 않게 살아가라는 뜻이다.

은 희　가슴 깊이 새겨 둘께예. 항상 오빠 생각을 하면서예.

상하이 박　장 마담이 '오동동 빠'를 마산 최고의 빠로 만들었듯이, 은희도 마산 최고의 선술집을 한번 만들어 봐라. 은희의 성품과 능력이라면 반드시 그럴 수 있으리라고 본다. 나도 성원을 보내마.

은 희　전 아무것도 몰라예. 하지만 오빠 말씀 명심할께예.

상하이 박　그래라. 그럼 이젠 가 봐야겠다. 은희야, 자. (양복 안주머니에서 두툼한 봉투를 꺼내 은희에게 주며) 아무 부담 갖지 마라. 어서!

은 희　오빠!

상하이 박　아무리 서두른다고 해도 이곳을 정리하려면 시일이 좀 걸릴 것이다. 어쨌든 이곳이 정리돼야 뭐를 해도 할 것이고 ~. 만약에 선술집을 하게 되면, 누구나 찾을 수 있는 부담 없는 선술집으로 만들었으면 좋겠다. 그리고 해동 제일의 선술집으로 만들었으면 좋겠다. 그래야 나도 한 번 갈 수 있지 않겠냐. 그럼 다들 수고하시고요. (그는 홀을 한번 둘러보고는 나간다. 은희와 장 마담, 그리고 땡초는 그가 나간 곳을 멍하니 바라보고 있다)

암전.

제6장

같은 해 5월 하순. 백사의 사무실. 조명이 들어오면, 백사가 부하들에게 고래고래 고함을 지르고 있다.

백 사   야, 이 병신 같은 자슥들아, 그래도 내 말을 못 알아 묵것나. 그래도 못 알아 묵어?

부하 1   행님요, 그렇게 하시몬, 다 된 밥에 코 빠지는 격이 되고 맙니더.

백 사   (앞에 놓인 재떨이를 집어 들며) 이 자슥을, 확 마 우째 삐꼬. 니가 나를 뭐로 보고 있노, 어이? 내가 영~ 형편없는 놈으로 보이는 갑제?

부하 1   아입니다 행님. 절대로 그런 기 아임니더. 제발 제 말씀 좀 들어보이소.

부하 2   그렇게 하이소 행님. 일단 쌍칼 말을 들어 보신 후에 결정해도 늦지 않습니더. 한 번만 들어 보이소.

백 사   좋다, 그라모. 퍼뜩 말해 봐라.

부하 1   알겠습니더. 행님 말씀대로 행님이 아무리 비밀리에 처리하신다 해도, 그 소문은 순식간에 퍼지고 맙니더.

백 사   시끄럽다, 이 자슥아, 쓸데없는 말은 빼고, 퍼뜩 결론만 말하라꼬, 결론만. 니, 내 성격 급한 거 모르나?

부하 1   알고 있습니더. 그럼 계속 말씀드리겠습니더. 행님이 상하이 박을 친다는 말은 그를 골로 보낸다는 말인데, 만약 실

제로 그런 일이 생긴다면, 행님은 마산 주먹계에서 매장되고 맙니더.

백 사   뭐이라? 매장된다꼬?

부하 1   그렇습니더.

백 사   야, 도끼, 니는 우찌 생각하노.

부하 2   저도 같은 생각임니더. 저도 뒤로 미루는 것이 좋겠다고 생각합니더.

백 사   혹시 너희 두 놈이 서로 짠 거 아이가. 우째서 두 놈 다 똑같은 말을 하노 말따. 상하이 박을 하루 빨리 제거해야, 내가 이 불종거리를 접수할 수 있다는 걸 모른단 말이가.

부하 1   상하이 박은 이미 너무 유명해진 사람임니더. 그냥 단순한 주먹이 아님니더, 행님.

백 사   (잠깐 생각에 잠긴 후) 너희 두 놈이 그렇게 사정을 하니, 그렇다몬 나도 너희들에게 털어놓을 말이 있다.

부하 1   예~?

백 사   내 죽을 때까지 가슴에 묻어두려 했는데~.

부하 1   말씀 하시소, 행님.

백 사   한 1주일 전에 내가 '오동동 빠'에 간 적이 있다.

부하 1   일주일 전이라면~?

백 사   그렇다. 바로 그날~.

부하 1   그날에는 별일 없었잖습니꺼.

백 사   너희 둘과 밖으로 나온 후, 내가 다시 그 '오동동 빠'에 갔을 때 생긴 일이다.

부하 2	엄청 안 좋은 일이 있었는 갑네예. 여태껏 가슴에 담아 두신 걸 보니까예.
백 사	죽어도 못 잊을 일이다. 아니 죽어도 안 잊을 끼다.
부하 1	무슨 일이 있었는데예. 자세히 말씀해 주이소.
백 사	사실은 지금 우리 조직이 큰 타격을 받고 있다. '은좌 빠'에서 돈이 들어와야 하는데 그게 잘 안 되고 있거든. 그래서 '오동동 빠'의 77번을 우리 '은좌 빠'로 데려 와야겠다고 생각했능기라. 그냥 순순히 따라올 리가 만무하기에 약간 양념을 좀 쳐서 데려올 작정이었다꼬.
부하 2	그런데예?
백 사	내가 막 '오동동 빠'에 들어서니, 상하이 박이 그 77번 가시내와 술을 마시고 있더라꼬. 그 모습을 보자, 그만 꼭지가 확 돌더라꼬. 그래서 상하이 박과 실랑이를 좀 벌였제.
부하 1	실랑이라니예?
백 사	좀 전에 말했잖아. 내가 말을 안 하려다 한다꼬. 이 백사가 젖비린내 나는 계집애들 앞에서 개망신을 당했다 이 말이다. 상하이 박한테.
부하 2	그래예?
백 사	그렇다. 그래서 상하이 박을 그냥 둘 수 없다는 말이다.
부하 2	그래도 행님, 이렇게 큰일은 시간을 두고 빈틈없이 준비를 해야 합니더.
부하 1	그렇습니더 행님.
백 사	이 자슥들이 나를 겁쟁이로 만들라꼬 작정했나? 내가 겁을

집어먹고 잠수 탔다는 헛소문이 나돌면 우짤낀데 어이?

부하 1 행님, 큰 오야붕이 되실라 카몬 기다릴 줄도 아셔야 합니더. 대기만성이란 말도 안 있습니꺼.

백 사 이 자슥이 문자 쓰고 있네 증말. 먹물깨나 묵었다고 말따.

부하 1 아임니더 행님. 다 행님을 위해서 드리는 말씀 아임니꺼. 행님이 떡하니 계셔야 우리도 있기 때문임니더.

부하 2 맞습니더 행님. 제발 좀 기다립시더.

백 사 기다리다 때를 놓치면 내 명예는 우찌 되는데. 그라고 내 자존심은 또 우찌 되는데?

부하 1 행님, 크게 보시고 또 멀리 보이소. 큰 오야붕이 되실라 카몬, 작은 것은 버릴 줄도 아셔야 합니더. 그러니 제발 시간을 좀 두고 거사를 하입시더. 최소한 두세 달의 준비기간이 필요합니더. (그때 전화벨이 울리자, 부하 2가 가서 받는다)

부하 2 여보세요? 예 그렇습니다만, 예? 아, 예 예, 김 형사님, 예 예, 잠깐만요. (손으로 전화기를 막고는) 행님, 김 형산데요? 우짤까예? (백사가 바꾸라는 손짓을 하자) 여보세요? 잠깐만 계시소.

백 사 아이고 김 형사님. 우짠 일입니꺼? 예? 며칠 후에 일제단속 들어간다고예? 깡패 일제단속이라꼬예? 예, 예, 잘 알겠습니다. 그라모 제가 우찌 준비해야 합니꺼. 그 때문에 전화했다고예? 예 예, 말씀하이소. 예~예? 큰 거~3개라고예? (약간 허탈해진다) 잘 알겠습니다. 급하시면 바로 오이소. (전화를 끊고는) 너희들도 들었제. 큰 거 3개란 말을. 허 참, 이거 사람 뒤로 나자빠지게 만드네. 이젠 대놓고 뭉칫돈을 요구하니, 도대체 이 백사를 뭐로 보고 있노. 오데 호구로 보는 기가, 봉으로 보는 기가 어이.

부하 2 행님, 큰 거라몬~?

백 사 야 이 자슥아, 큰 거 3개가 얼만 줄도 모르나. 큰 거 3개몬 집 한 채 값이다, 집 한 채 값.

부하 2 그렇게 큰돈을 그냥 달라고요?

백 사 그러니까, 먼저 밑밥을 탁 안 깔 더나 말따. 며칠 후에 깡패 일제단속이 있다는 말이, 바로 그 밑밥이란 말이다.

부하 2 그라모 고마 핑계를 대고 주지 마입시더.

백 사 야 이 자슥아, 그라모 니가 오늘 당장 수갑채여 잡혀 갈 낀데, 니가 끌려가도 괜찮것나?

부하 2 아, 아닙니더, 행님. 교도소라 카몬 만정 떨어집니더. 저는 절대로 안 갈 낍니더.

백 사 이래서 오야붕 하기가 쉽지 않은 기다. 해결해야 할 일이 한두 가지가 아니거든. 내가 돈 찍는 기계도 아닌데, 툭하면 노골적으로 돈을 달라 하니, 사람 환장 하것다. (잠시 뜸을 들인 후) 너희 둘 다 잘 들어.

부하들 예, 행님.

백 사 아까 일은 반드시 처리해야 한다. 재차 말하지만, 내 자존심 문제다. 남자한테는 자존심이 목숨보다 더 중요하다는 사실을 니놈들도 잘 알고 있것제?

부하들 예, 행님.

백 사 그라모 좋다. 아까 뭐, 두세 달이 필요하다 캣나?

부하 1	그렇습니더. 최소한 두세 달은 필요합니더.
백 사	(잠깐 생각하더니) 오늘이 며칠이고?
부하 1	5월 20일입니더.
백 사	그라모 7월 말까지 주면 되것제?
부하들	그렇습니더, 행님.
백 사	좋다. 그라모 거사 날은 7월 말로 잡는다. 알것제? 이 또한 절대 비밀이고~.
부하들	예, 행님.
백 사	내, 반드시 상하이 박을 제거할 끼다.
부하들	예, 행님.
백 사	나머지 문제는 둘이서 잘 의논하고~. 그라모 내는 김 형사 만나러 간다.
부하들	예 행님. 조심해서 댕겨 오이소.

암전.

제7장

같은 해 7월 말경. 무대는 유흥가인 오동동 불종거리. 깊은 밤이다. 전봇대에 삐딱하게 걸려있는 흐릿한 가로등 아래에서 백사가 부하 두 명과 함께 연신 주위를 살피고 있다. 초조한 듯 백사는 연신 줄담배를 피운다. 그때 한 신사가 콧노래를 흥얼거리며 걸어온다. 잠시 후 그는 다른 전봇대에 기대서서 담배를 입에 문다. 그리고는 라이터로 불을 붙인다. 순간 그의 얼굴이 잠깐 드러난다. 그러자 백사가 복면을 한 후 그에게 다가가 흉기로 잽싸게 그를 찌른다. 느닷없이 당한 그는 본능적으로 백사의 멱살을 비틀어 잡는다. 두 사람 사이엔 격렬한 힘겨루기가 벌어진다.

상하이 박 억, 누 누구냐, 아니 백사 네놈이~.

백 사 인자는 끝났다꼬.

상하이 박 네놈이 진정 죽기를 작정했구나. 진정한 깡패는 흉기를 쓰지 않아. 그러니 네놈은 쓰레기보다도 못한 양아치야.

백 사 헛소리 집어 쳐. 내가 당신 꼬붕이야? 내가 당신 쫄개냐꼬. 제발 잘 난 체 고만하고 이 오동동 바닥에서 깨끗이 사라지라꼬. 이제 오동동의 오야붕은 이 백사란 말이다.

상하이 박 썩어도 준치란 말이 있다. 아무리 술에 취했지만 그냥 순순히 당할 상하이 박이 아니야. (그가 주먹으로 백사의 얼굴을 가격하자 백사는 한방에 나가떨어지고 만다. 그때 갑자기 어디선가로부터 호루라기 소리가 들려온다. 그러자 숨어있던 부하들이 백사를 부축하고서는 어둠 속으로 급히 사라진다. 혼자 남은 상하이 박. 그는 큰 상처를 입었다. 이윽고 그가 정신을 잃고 쓰러지고 만다. 호루라기 소리가 더더욱 요란하게 들려온다)

암전.

제8장

같은 해, 8월 초. 무대는 마산경찰서 상황실이다. 경찰서장의 다급한 목소리가 들려옴과 동시에 탑 조명이 떨어진다.

서 장 비상이다, 비상. 오늘 새벽 0시부로 계엄령이 선포됐다. 따라서 지금부터 비상근무에 들어간다. 모두들 정신 바짝 차리고 신속하게 대처하라. 먼저 국보위에서 하달된 특별 지시부터 전달한다.

첫째, "모든 조폭들을 모조리 체포하여 즉시 삼청교육대로 보낼 것."

둘째, "각, 파출소는 할당된 인원을 반드시 채울 것."

이상 두 가지다. 사태가 엄중해서 서장이 한 번 더 강조한다. 우리 마산은 창동과 오동동을 중심으로 깡패들이 사방에 포진해 있다. 그래서 그들을 체포해서 삼청교육대로 보내는 것이 우리의 주된 임무다. 현재 전국 각 경찰서마다 삼청교육대로 보내야 할 깡패들 숫자가 할당돼 있다. 우리 서(署)도 마찬가지다. 그러니 깡패란 깡패는 모조리 잡아들여야 한다. 그들 중에서도 특히 오동동의 백사파는 모조리 다 체포해라. 한 놈이라도 놓치면 전부가 다 모가지란 걸 명심해라. 절대로 봐 주면 안 돼. 뇌물을 받아먹고 명단에서 빼주는가, 깡패들과 사전 결탁이 되어 있는가를, 계엄사령부 감찰반에서 계속 감찰하기 때문이다. 그러니

한 놈도 빠뜨리지 말고 모조리 체포하라. 이상이다. 다른
질문 있나? 없으면, 현장으로 빨리 출동해.

암전.

제9장

같은 날 저녁 무렵. 5장과 같은 무대. 아직 영업시간 전이다. 은희,
장 마담, 땡초가 탁자에 앉아서 걱정을 하고 있다.

은 희 언니도 들었지예.

장 마담 듣고말고. 온 시내가 난리라 카더라.

은 희 제발 헛소문이길 바라지만, 그래도 걱정이 태산이라예.

장 마담 만약 소문대로라면 정말 큰일이다. 그 오라버니가 우리한
테 얼마나 잘해 주셨는데.

은 희 두말하면 잔소리지예. 특히나 나에겐 하나뿐인 오빠 걸예.

땡 초 도대체 저승사자는 오데 갔노, 백사 그놈을 안 잡아가고
말따.

은 희 오빠가 삼촌을 참 좋아하셨는데.

땡 초 그분 참 멋쟁이었제. 그 양반이 양복을 딱 차려입고 창동
네거리에 나서면 순식간에 사람들이 몰려 들었다꼬. 구경
한다고 말따. 그리고 이름까지도 얼마나 로맨틱 하노. '상

하이 박'. 나의 영원한 로망이다, 고마. (이때 갑자기 시끌벅적한 소리가 들려오더니 이내 백사와 그의 부하가 들이닥친다. 들어오자마자 백사는 탁자를 걷어차면서 위협을 가한다. 그의 팔과 얼굴에는 붕대가 칭칭 감겨 있다)

백 사　　아따, 이보래요. 인자 우리는 손님도 아닌 갑다 어이.

장 마담　아이고, 사장님 어서 오세요.

백 사　　인자는 내 꼬라지가 보기 싫은 갑네. 소 먼 산 보듯, 멀뚱멀뚱 쳐다보고만 있거로.

장 마담　무슨 말씀요. 근데 사장님, 혹시 교통사고 당하셨어요? 웬 붕대를~?

백 사　　시끄럽다 고마. 오데 앉으몬 되노?

장 마담　이쪽으로 앉으세요.

백 사　　장 마담, 인자, 사람 차별 고만 하지.

장 마담　아이 참 사장님도. 제가 언제 그랬다고요. (안을 보고) 얘들아, 빨리 술상 준비해라.

백 사　　야, 77번.

은 희　　예, 사장님.

백 사　　잠깐 이리 와 봐. (은희가 오자) 니, 알고 있제?

은 희　　무슨 말씀이신지예?

백 사　　니 오늘부터 우리 '은좌 빠'로 오는 기 어떻겠노? 내 대우는 최고로 해 주꺼마.

은 희　　그게 무슨 말씀이세요?

백 사　　와, 니 귀가 좀 어둡나.

은 희   우리 가게를 놔두고, 제가 어디로 간다고예?

백 사   이 가시내가, 참말로 말귀가 어둡네. 니 진짜로 못 알아 묵
         는 기가, 아니몬 일부러 무시하는 기가, 어이.

장 마담   아이 참 사장님도~.(주방 쪽을 보고) 얘들아, 아직도 안 됐어?

백 사   내 말 끊지 마라, 장 마담. 내 농담 아이다. 니도 이 장사를
         더 해 묵을라 카몬, 이 가시내를 빨리 내 보내는 기 좋을
         끼다. 안 그러면 너희 둘 다 쥐도 새도 모르게 골로 간다
         고마.

은 희   아니 사장님, 그건 또 무슨 말씀인가예?

백 사   이 오동동이 완전히 내 나와바리가 된 줄을 모르는 갑네?
         오늘부터 내 허락 없이는 그 누구도 이 바닥에서 술장사,
         못해 먹어.

은 희   보이소 사장님, 외람되지만 한 말씀만 드릴께예. 제가예,
         술집 아가씨를 하고 있지만예, 우리 언니를 배반할 수는
         없어예. 언니는예, 제가 어려웠던 시절부터 저를 보살펴
         주신 은인이거든예, 그래서 언니 허락 없이는 다른 업소
         로 갈 수가 없어예. 아니예, 설사 언니가 가라고 해도 제가
         안 갈 랍니다.

백 사   뭐라꼬? 돈을 더 많이 준다 캐도~?

은 희   그래예.

백 사   아니, 이 가시내가 좀 우찌된 거 아이가. 내 이 가시내를
         우째 삐꼬. 확 마~.

부하 1   행님, 제발 좀 참으이소. 이런 피래미들을 건드렸다간 소

66

문만 안 좋게 남니더.

은 희 언니에 대한 의리 때문이지예. 제가 왜 이런 말씀을 드리느냐 하면예, 이런 문제일수록, 입장을 분명히 해야 서로 간에 오해가 안 생기기 때문이거든예.

백 사 이년들이 간이 배 밖으로 나왔구마. 대체 이 백사를 뭐로 보고 이라노. 이 백사 말을 어떻게 듣고 이라노 말따. (탁자를 걷어차면서) 그래, 오늘 뜨거운 맛을 보고 싶다 이 말이제? 참말로 간뎅이가 부었구마. 그래 정 원한다몬 이 백사가 어떤 놈인지를 똑똑히 보여 주제. (그는 집기를 발로 마구 차면서 난동을 부린다)

장 마담 아니, 왜 이러세요. 우리가 무슨 잘못을 했다고~.

백 사 뭣이라? 무슨 잘못? 그렇게 말을 해도 말귀를 못 알아 묵고~. 그래 니년들이 죽어봐야 정신을 차리겠구마? 야 이년아. (장 마담의 뺨을 후려친다. 장 마담이 쓰러지자 은희가 부축한다. 땡초도 분노를 참느라 애를 쓴다) 내 그래도 여태껏 니년을 봐 준 것은 니년 신세가 불쌍했기 때문이다. 절름발이라서 봐줬다 이 말이다.

은 희 (백사를 노려보며) 이보세요, 사장님. 방금 뭐라 그랬어요?

백 사 아니, 이년이 미쳤나? 오데서 눈에 쌍심지를 켜 가지고? 그래 이년아, 절름발이라 캤다 와?

은 희 (고함을 지른다) 뭐라고요? 그걸 말이라고 해요?

백 사 아니 이년이 진짜로 미쳤능갑다, 어이. 이년이 감히~, 내가 누군지도 모르고 어이.

은 희 누구긴 누구라예. 깡패지예.

백 사 뭣이라? 깡패? 허, 이년이 정말로 환장했능갑다.

은 희 그래예, 환장했어예. 환장했다고예.

백 사 (움찟 놀라며) 뭣이라?

은 희 진정한 깡패들은예, 의리도 있고예, 약한 사람을 도와주는
줄로 알고 있어예. 그런데 당신은 아니라예.

백 사 뭣이라, 당신? 너 정말 죽고 싶어?

은 희 그래예, 죽고 싶어예. 어디 한번 죽여 봐예. 나를 죽이고도
무사할 것 같아예? 교도소 안갈 것 같아예? 세상이 아무
리 개판이지만 당신도 무사하지 못할 걸예. (이때, 밖에서 부
하 2가 뛰어 들어와서, 부하 1에게 귓속말을 한다. 그 말을 듣고 부하 1
은 깜짝 놀란다)

백 사 허, 이년이 오데서 겁도 없이~. 확, 쥑이 삘라마~.

은 희 자요, 어디 죽여 봐요. 죽여 보라고요. 뭐라고예? 우리 언
니가 뭐 어떻다고요? 당신은 깡패는커녕 한갓 양아치도
못된다고예.

백 사 뭣이라, 양아치? 니년이 참말로 미쳤구마. 그래 어디 한번
죽어봐라. 죽어봐야 저승이 어떻다는 걸 알 끼다. 이 백사
에게 대든 년은 니년이 처음이다. 내 오늘 니년 하나 못 죽
이몬 백사가 아이다 고마. (화가 난 백사가 씩씩거리며 은희에게
달려들자 부하 1이 제지한다)

부하 1 행님, 큰일 났심더. 빨리 피해야 합니더.

백 사 피해? 와? 느닷없이 와? (부하 1은 다른 사람들의 눈치를 살피면

서 백사의 귀에 대고 속삭인다. 그 말을 듣고 백사는 깜짝 놀란다) 뭣이? 삼청~교육대? 나, 날 체포하러 온다꼬?

부하 1 그렇심더. 경찰 백차가 사방에 쫙 깔렸담니더.

백 사 백차까지?

부하 1 예 행님. 그라고 시내 건달들은 이미 전부 다 잠수탔담니더.

백 사 뭣이라? 그렇다몬 갑자기 일이 우찌 돌아가는 기고. 혹시 또 짭새 그 자슥들이 돈 더 뜯어가려고 생~쇼하는 거 아이가?

부하 1 아님니더 행님. 상황이 엄청 심각함니더. 이번에는 경찰서가 아니라 삼청교육대로 바로 보낸 담니더. 삼청교육대로 가면 영원히 못 나온다고 합니더. 그러니 **빨리** 잠수를 타입시더. 한시가 급함니더 행님.

백 사 좋다. 그라모 일단 잠수부터 타고 보자. 니년들 오늘 운이 좋은 줄 알아라. 내 오늘은 그냥 간다만, 다음에는 반드시 본때를 보여줄 끼다. (부하들을 보고) 빨리 가자. (백사 일행들은 급히 뛰어 나간다)

은 희 (그들이 나간 후 홀을 정리하면서) 언니, 괜찮아예?

장 마담 (말이 없다)

은 희 언니!

장 마담 난 괜찮다. 너무 걱정하지 마라. 근데 넌?

은 희 나도 괜찮아예.

장 마담 은희야, 넌 어디서 그런 용기가 났냐? 백사가 어떤 놈이냐. 피도 눈물도 없는 잔인한 놈 아니냐. 그런 백사를 꼼짝

못하게 했으니~. 너 정말 대단하다.

은 희 대단하긴예. 이런 일을 당하면 누구나 다 나처럼 할 걸예. 그리고 언니, 아무리 잘못된다 한들 죽기밖에 더하겠어예.

장 마담 애, 다들 말은 그렇게 하지만, 막상 당해 보면 그렇지가 않아. 더구나 그놈들은 깡패 아니냐. 여자의 몸으로 그 악랄한 백사를 상대하다니. 아이구 애, 난 지금까지도 온몸이 벌벌 떨린다.

은 희 그놈들이 무슨 욕을 하고, 어떤 짓을 하더라도 다 참을 수 있어예. 하지만 언니에게 해서는 안 될 막말을 하는 것을 보고는, 그놈이 인간이 아니라고 판단했어예. 그래서 그랬던 겁니더. 잘못했다면 용서하이소.

장 마담 아니다, 은희야. 정말 고맙다. 내 너를 볼 면목조차 없다. 정말이다. 흑흑흑~.

은 희 울지 말아예, 언니. 오히려 언니가 더 고맙지예. 생각 안 나예. 내가 맨 처음 이곳에 왔던 날을예. 바로 그날 조금도 망설이지 않고 나를 받아 줬잖아예. 그리고 언니 때문에 내가 이만큼 됐고예.

장 마담 은희야! (장 마담은 더 크게 흐느낀다)

은 희 언니가 말했잖아예. 세상이 험하다고예. 그러니 정신 똑바로 차리라고예. 그 말을 지금 언니에게 도로 해주고 싶네예.

땡 초 이럴 때 나는 우짜몬 좋노. 내 두 사람을 볼 면목조차 없다. 나는 마 이제 인간도 아이다. 백사 그놈이 난리를 칠때 나는 왜 못 나섰을까 하는 후회가 막심하다 고마.

은 희 삼촌까지 와 그러는데예. 만약 삼촌까지 나섰으면 어찌 됐겠어예. 필시 삼촌은 무사하지 못했을 겁니더.

땡 초 아무리 그래도 사람 도리란 게 있는 거다. 은인을 위해서 라면 초개같이 목숨을 버릴 줄 아는 도리 말이다.

은 희 아니라예, 잘 참으셨어예. 내가 나선 데는 다 이유가 있다 니까예.

땡 초 이유라꼬?

은 희 그럼예. 그놈이 아무리 악독해도 여자인 나를 지 마음대 로는 못한다고예. 여자가 막 나가면 함부로 못 하거든예. 그래서 내가 더 그랬던 거지예. 언니의 인격을 모독하기 에 그놈이 사람으로 보이지 않았거든예.

땡 초 일이 이 지경까지 되었으니 나도 털어놓지 않을 수가 없 구마. (잠시 뜸을 들이다) 내 마누라가 나를 버린 이유는 나의 우유부단한 성격과 무절제한 생활 때문이라꼬.

은 희 그러니까 끝까지 붙잡지 그랬어예.

땡 초 그땐 내가 철이 없었어. 젊음이 영원할 거라 만용도 부렸 었고. 지금 생각하면 후회막급이지만, 어쩔 도리가 없었 어. 내가 벌을 받아야지. 사실, 난 모태신앙이라꼬. 우리 어 머니가 권사였제. 그래서 교회에는 안 나가도 바르게는 살려고 노력했는데~.

은 희 주일날 우리 몰래 한 번씩 가곤 했잖아예. 언니와 난 다 알 면서도 모른 척 했다고예.

땡 초 사실 마누라가 떠난 후로는 성경에만 매달렸다꼬. 허무함과 외로움 때문이었지. 그래서 시편을 수십 번도 더 읽었다꼬. 시편이 가장 가슴에 와 닿았거든.

장 마담   그 덕분에 땡초 같은 그 성질을 여태껏 잘 다스려 왔고요. 안 그랬으면 벌써 사달이 나도 수십 번은 났을 겁니다.

땡 초   우리 선각자들이 그토록 악랄한 일제와 싸울 때도 성경에 많은 의지를 했다고 들었는데, 나는 오늘 깡패 한 놈한테도 '찍' 소리 못하고 말았으니, 성경을 거꾸로 읽은 거라꼬.

은 희   그라모 이제부터 똑바로 읽으이소. 그동안의 잘못을 회개하는 심정으로예.

땡 초   실천도 못하는 성경 구절을 읽어선 뭐하냐꼬. "여호아는 나의 빛이요 나의 구원이시니, 내가 누구를 두려워 하리요, 여호아는 내 생명의 능력이시니, 내가 누구를 무서워 하리요" 시편 27절. 이 구절을 알면서도 백사 그놈이 무서워서 꼼짝도 못한 겁쟁이라고요.

장 마담   삼촌, 내 여태 말은 안 했지만, 만약 삼촌이 내 옆에 없었다면요, 난 이런 장사는 꿈도 못 꿨을 거예요. 정말이에요. 오죽했으면 교인도 아니면서 아까 속으로 기도까지 했을까요.

은 희   그래요 삼촌, 오늘 정말 잘 참았어예.

장 마담   난 삼촌 속마음을 잘 알고 있어요. 삼촌은 아는 것이 많아서 항상 은유적으로 말한다는 사실도 다 알고 있고요. 또한, 내 몸이 불편하다는 걸 알면서도, 단 한 번도 내색한 적이 없었고요.

땡 초 우쨌든, 난 사람 도리를 못한 놈이오. 현실과 맞서기 보단, 현실을 회피한, 한심한 인간이지예. 마치 안개 속에 숨어서 현실에서 도피하려 하는 인간처럼~.

장 마담 그런 말 자꾸 하면 내 진짜 화냅니다. 삼촌은 나의 든든한 후견인이자 남편 같은 존재라니까요.

땡 초 에이, 농담이라도 그런 말은 하지 마이소.

은 희 언니, 나도 항상 생각해 왔어예. 허무맹랑한 생각이라고 웃어넘길지 모르지만예.

장 마담 그게 무슨 소리야? 생각해 왔다니?

은 희 언니하고 삼촌이 결혼하면 어떨까 싶어서예.

장 마담 뭐야? 얘, 그걸 말이라고 하니? 그건 정말 말도 안 돼.

은 희 왜 그렇게만 생각하는데예?

장 마담 몰라서 묻니? 우선 내 처지가 그렇고, 그리고 또~.

은 희 또요?

장 마담 삼촌은 큰 꿈을 가지고 있어. 위대한 화가가 되는 꿈. 한국의 피카소가 되는 꿈. 결혼이 아닐 거라고.

은 희 그렇담, 삼촌은예? 삼촌 생각은 어떤데예?

땡 초 아니, 이기 무슨 '아닌 밤중에 홍두깨' 같은 소리고 말따. 내가 어찌 장 마담과 결혼할 생각을 한단 말이고. 상상도 할 수 없는 일이다, 고마. 아이고 덥다 더워, 날씨가 갑자기 와 이리 덥노 어이.

은 희 그럼 이 문제는 이쯤 해 두지예. 저도 촉이 빨라예. 술장사를 하면서 터득했지예, 호호호.

장 마담　이런 날 상하이 오라버니가 있었더라면 얼마나 좋을까.

은 희　오빠만 있었더라면, 백사 그놈이 그렇게까진 못했을 거라예. 전에도 봤잖아예. 오빠 한방에 그놈이 나가떨어지는 꼴을예. 그나저나 오빠는 도대체 어디로 가신 기고. 그리고 소문대로 다쳤다면, 치료는 잘 받고 있는지~ 궁금한 게 한두 가지가 아니네 증말.

장 마담　그럼 우리 세 사람이 기도하면 어떨까. 은희가 말했나? 간절히 기도하면 이루어진다는 말을.

은 희　그래요 언니. 우리 기도해요. 각자의 믿음은 다르겠지만, 같이 기도 하자고예. 난 오빠가 무사하시기를, 그리고 오빠를 꼭 다시 만날 수 있기를 빌 거라예. 아까 삼촌이 잘하던데예. 삼촌이 인도해 주이소.

땡 초　(은희의 말이 끝나자) 그라모 기도하입시더. (다들 머리를 숙인다. 땡초가 주기도문을 외우기 시작한다. 은희와 장 마담은 간절한 심정으로 기도를 하는 것 같다) "하늘에 계신 우리 아버지, 아버지의 이름을 거룩하게 하시며, 아버지의 나라가 오게 하시며…"

암전.

제10장

5년 후 4월 초순. '고모령' 개업 전날이다. 이 장부터는 은희가 문 여사로 불린다. 은희의 성(姓)이 문(文) 씨이기 때문이고, 50대의 중년이 되었기 때문이다. 무대 중앙 뒤쪽에는 크기는 작으나 일본식 분위기를 물씬 풍기는 오래된 집이 하나 있다. 이 집은 오래되고 낡았으나, 외관은 무척 고풍스럽고 풍취가 있어 보인다. 일제강점기부터 유명했던 요정이기 때문이다. 하지만 오랫동안 폐허 상태로 방치돼 있어서인지, 지붕 위 곳곳에는 여러 가지 잡초들과 이끼류가 서로 뒤엉켜 있다. 집 뒤로는 오래된 벚꽃나무들이 마치 이 집을 보호하려는 듯 병풍처럼 좌우로 둘러싸고 있다. 무대 상수는 '고모령'의 대문 역할을 하는 출입구이다. 앞마당에는 작은 정원이 있고 정원에는 몇 그루의 작은 정원수가 있는데 그중에서도 오래된 소나무 한 그루가 눈길을 끈다. 인근에 항구가 있는지, 어디선가로부터 고래 울음소리를 방불케 하는 뱃고동 소리가 들려오고, 통통배 엔진소리도 한 번씩 들려온다. 조명이 들어오면, 문 여사와 땡초가 앞마당에서 이야기를 나누고 있다.

문 여사 삼촌, 저 소나무가 화룡점정이네예.

땡 초 예? 왜 갑자기~?

문 여사 저 소나무 땜에요. 이 집이 더더욱 고풍스럽고 멋있어 보여서예.

땡 초 아이구야 문 여사, 무슨 감성이 그리도 풍부하시오? 차라리 시인이 되는 기 어떻겠소?

문 여사 (웃어넘기며) 호호호, 시인예? 좋지예.

땡 초 농담이 아니라니까요.

문 여사 알아요, 알아. 삼촌, 한 5년쯤 걸렸지예?

땡 초 허 참. 남의 말을 싹둑 잘라 먹기는~.

문 여사 내 탓이 아니라예.

땡 초 그러면요?

문 여사 오빠예.

땡 초 상하이 박~? 그래서 5년이나 걸렸다~?

문 여사 두 가지 이유 때문이지예. 하나는 여태까지 그 오빠의 행방을 몰라서 그랬던 거고예, 다른 하나는 그 오빠가 준 돈에는 단 한 푼도 손대기가 싫었거든예.

땡 초 선술집을 차리라고 준 돈인 데도~?

문 여사 오빠가 나타날 때까진 쓸 수가 없었어예. 그래서 내가 가진 돈에 맞추다 보니 이렇게 되고 말았네예.

땡 초 결과적으로 보면, 문 여사 운 때가 딱 들어맞은 겁니더.

문 여사 그럴까예? 근데, 보면 볼수록, 마음에 드네예.

땡 초 이 집을 찾느라고 얼마나 헤맸다고요.

문 여사 참 이상하지예.

땡 초 뭐가요?

문 여사 저기 저~.

땡 초 벚꽃나무요? 그런데요?

문 여사 지금 한창 꽃 필 시긴데 왜 안 피나 해서예.

땡 초   해거리를 한다네요.

문 여사   그래예? 무슨 과일나무도 아니고, 아니 벚꽃나무도 해거리를 하는 가예?

땡 초   그렇다네요. 여기 벚나무들은.

문 여사   그래요? 그런데 삼촌, 벚꽃이 피면 정말 아름답겠지예?

땡 초   그래서 이 집을 선택했다 아잉교.

문 여사   어떻게 찾았지예? 마치 일본식 건물 같기도 하고예.

땡 초   같은 기 아이라, 바로 일본식 건물입니더. 일제강점기 때, 일본 사람들이 직접 지은 집이랍니더.

문 여사   어쩐지예.

땡 초   한때, 마산에서 가장 잘 나갔던 요정이 '망월관'이었는데, 그 '망월관'이 바로 이 집이랍니더.

문 여사   아니, 그런 고급 요정에서 내가 선술집을 하게 되다니, 이건 마치 나의 인생유전과 같은 데예.

땡 초   그래요?

문 여사   한때는 마산 최고의 유흥가를 주름잡았지만, 이젠 한갓 선술집 주모로 전락하고 말았으니, 이 집이 마치 나의 인생과 비슷해서예.

땡 초   에이, 너무 자학하지 마이소.

문 여사   이건예, 우연히 된 기 아니라, 누가 의도적으로 만들어 준 것 같아예. 아니예, 바로 상하이 오빠가 만들어 준 거라예.

땡 초   듣고 보니 일리가 있는데요.

문 여사   삼촌도 그런 생각이 들지예? 틀림 없어예. 상하이 오빠 도

움이 아니고는 이렇게 될 수가 없어예. 오늘 같은 날 오빠가 있었으면 얼마나 좋을까예. 오늘따라 상하이 오빠가 너무 보고 싶네예. 도대체 어디서 어떻게 지내시는지~.

땡 초 잘 계실 거라 생각 하이소. 그래야 마음이 편하고, 마음이 편해야 장사도 잘 됩니다.

문 여사 알겠습니다. 근데 이왕 말이 나왔으니 이 집에 대해서 좀 더 얘기해 주이소. 내가 좀 더 알아야겠거든예.

땡 초 그러지요. 아마 1899년일 겁니다. 바로 그 해에 마산항이 개항되었지요. 그러자 많은 일본 사람들이 입국해서 이 동네에서 살기 시작했고, 덩달아 고급 요정들도 많이 생겼답니다. 그런데 지금은 전부 다 없어지고, 현재 유일하게 남아있는 건물이 바로 이 '망월관'이랍니다.

문 여사 삼촌, 한 가지만 더 알려 주이소. '망월관'의 '망월'이 무슨 뜻인가예?

땡 초 이거 맨 입에 되겠소?

문 여사 그럼 우찌해 드릴까예? 돈을 드릴까예 아니몬~?

땡 초 에이, 농담이요 농담, 핫하하~. '망월'은요, 글자 그대로, '달을 바라본다', 그런 뜻이지예. '바라볼 망(望), 달 월(月)' 자(字)니까예. 그러니까 '망월관'은 '달을 쳐다 보면서 술을 마시는 집'이지예. 어째 좀 낭만적인 이름 안 같능교?

문 여사 그렇고 말고예. 그런 집에서 선술집을 하게 되다니~.

땡 초 사실은 내가 화실로 쓸까 하는 생각도 해 봤어예.

문 여사 어머 그래예? 그런데 왜 안 하셨어예?

땡 초 아무리 생각해 봐도 문 여사에게 양보하는 게 낫겠다 싶었지예.

문 여사 어머나, 저를 그렇게나 생각해 준다고예?

땡 초 혹시라도 내가 흑심을 품고 있다는 오해는 마슈.

문 여사 아이 참, 삼촌도~. 근데 삼촌!

땡 초 왜요?

문 여사 (잠시 머뭇거리다) 정말 고마와예.

땡 초 뜬금없이 와 그라는데?

문 여사 삼촌과 언니는 얼마든지 다른 일을 하실 수가 있는데도, 모든 걸 포기하고 나를 도와 주시잖아예. 그래서 정말 고맙다는 말씀을 드리고 싶어서예. 두 분이 없었다면, 난 벌써 포기했을 겁니더.

땡 초 그런 말이라면, 장 마담에게 직접 하이소.

문 여사 언니가 주방 일까지 다 책임지겠다고 하니, 정말 몸 둘 바를 모르겠어예.

땡 초 아, 알고 있으면 됐습니더. 장 마담 성격을 잘 알면서요. (이때, 장 마담이 뭔가를 양손에 가득 들고 등장한다. 개업에 필요한 물품들이다)

장 마담 아이고, 힘들다, 아이고 힘들어~.

땡 초 아니 장 마담.

문 여사 언니, 그게 다 뭐라예?

장 마담 이것저것 좀 챙겨왔다. 필요할 것 같아서.

문 여사 고마워예, 언니. 연락이나 좀 하시지예. 혼자서 이렇게~.

장 마담 아무리 꼼꼼하게 준비한다 해도 빠지는 것이 있거든.

문 여사 언니, 정말 고마와예. 내 미안하고 고마워서 더 이상 드릴 말씀이 없네예.

장 마담 아니 무슨 소릴. 너와 나 사이에. 근데 동생, 이 건물이 너무 예쁘지 않아?

문 여사 예쁘다 마다예. 삼촌 눈썰미가 보통 아니지예?

장 마담 그렇다마다. 천리안을 가졌다니까.

땡 초 에헤, 또 그런다.

문 여사 삼촌이 직접 쓴 '고모령'이란 간판 글씨도 정말 예술적이라예.

땡 초 그렇다면 다행이구마. 사실 난 조마조마 했다꼬. 어떻게 생각할지 몰라서.

문 여사 언니, 삼촌은 정말 팔방미인이지예?

장 마담 두말하면 잔소리지. 삼촌은 음악보다는 그림실력이 더 좋은 것 같아. 미술대학에만 갔더라면, 아마 한국 최고의 화가가 됐을 거야.

문 여사 그랬으면 지금쯤에는 서울에서 큰소리치고 있을 테고예.

땡 초 이제는 전부 다 부질없는 소리요 고마.

문 여사 언니, 난 지난밤을 꼬박 뜬눈으로 새웠어예.

장 마담 왜?

문 여사 이런 저런 생각 때문에예.

장 마담 동생, 이거 왜 이러시나. 그 유명한 '오동동 빠'를 쥐락펴락한 아가씨가, 손바닥만 한 이 선술집 하나 못할까 봐서

잠을 못자?

문 여사　언니도 참. 그런 뜻이 아니라~.

장 마담　아니면?

문 여사　내 인생이 서글퍼서예.

장 마담　누구에게나 인생은 만만치 않아.

문 여사　그래도 나 같은 사람은 없을 테지예.

장 마담　동생이 어때서?

문 여사　난 소박한 삶을 꿈꾸어 왔거든예.

장 마담　그런데~?

문 여사　요즘 들어 내가 참 외롭다는 걸 절실히 느껴예.

땡 초　이제야 철이 좀 드는 갑다.

문 여사　죽을 때가 됐을까예?

장 마담　왜 그런 말을 자주? 무슨 일이 있는 거야?

문 여사　이젠 더 이상 숨길 필요가 없을 것 같네예.

땡 초　아따 마 분명히 무슨 일이 있기는 있는 갑네.

문 여사　사실은 몸이 좀 안 좋아예. 속이 메스껍고 위가 자주 아프고예. 자다가 아파서 깨기 시작한 지가 꽤 오래 됐어예.

땡 초　그라모 문 박사한테 퍼뜩 가이소. 문 여사 주치의한테요.

문 여사　벌써 가 봤어예.

땡 초　뭐라 카던고?

문 여사　큰 병원으로 가보라 카더라꼬예.

장 마담　그럼 빨리 가 봐야지?

문 여사　가면 뭐하겠어예. 다 운명인 걸예. 그리고 또 개업 준비도

해야 하고예.

장 마담 아무리 그래도 건강이 먼저란 말이야. 내 꼴을 보고도 그래.

문 여사 언니는 정말 위대해예. 사지 멀쩡한 나는 정말 죽어도 싸 예.

장 마담 동생, 그런 말 하는 게 아니야. 말이 씨가 된다고. 용기를 내. 이제부턴 좋은 일만 있을 거야. 앞으로 '고모령'은 잘 될 거란 말이야.

문 여사 밤새도록 생각해 봐도 후회스럽기만 하더라고예. 내가 더 살면 뭐하나 하는 생각만 들고예.

땡 초 쓸데없는 생각은 하지 마이소 고마.

문 여사 꽃다운 나이에 무작정 가출했고예. 쥐꼬리 같은 월급 받아가며 야간학교를 졸업했고예. 그리고 화려했으나 아픔이 더 많았던 '오동동 빠' 시절도 있었고예. 그리고 또 어영부영 허송세월하다가 어느덧, 오십 줄에 접어들고 말았고예.

장 마담 그래도 동생은 참으로 성실하고 착한 사람이었다.

문 여사 난 상하이 오빠를 만난 것이 가장 큰 행운이었어예.

장 마담 근데 참 그 오라버니는 어찌 되었을까.

문 여사 이 '고모령'만 보면, 오빠 생각이 절로 나겠지예.

땡 초 그렇다마다요. 상하이 사장님도 흐뭇하게 생각할 겁니더.

문 여사 그런데 상하이 오빠는 와 이리 무심하실까예. 죽었는지 살았는지 연락 한 번 없고~.

땡 초 무슨 소식이 없나 해서, 나도 안테나를 바짝 세우고 있습니더.

문 여사   삼촌, 제발 부탁합니다. 무슨 소식이라도 들리면 즉시 알려 주이소. 어떤 소식이라도 좋아예.

땡 초   명심하리다. 그라고 좁쌀만 한 소식이라도 들리몬 즉시 알려 주리다. (분위기를 바꾸려는 듯) 자 이제 안으로 한번 들어가 보입시더. 빠진 것이 없는지 한 번 더 체크할 겸 해서요.

문 여사   아이고 미안합니더. 내 잠시 다른 생각을 했네예. 그라모 안으로 한번 들어가 보입시더. (세 사람은 안으로 들어간다)

암전.

제11장

10년 후 4월 초순. 무대는 '고모령' 주점 안이다. 주점 벽면에는 '고모령'이란 작은 간판이 걸려있다. 무대 상수 쪽은 주점 출입구이고, 하수 쪽에는 주방과 내실이 있다. 무대 중앙 벽면에는 예술적인 글씨체로 쓰여진, '고모령 개업 10주년 축하연'이란 작은 플랜카드가 붙어있고, 벽면 군데군데에는 화가들의 그림이 걸려있어 예술적인 분위기를 물씬 풍긴다. 그 밖의 장치는 여느 선술집과 별반 다를 게 없다. 다만 플랜카드 밑에는 작은 공간이 마련되어 있는데 그곳에는 기타와 트럼펫, 아코디언과 색소폰 같은 악기들이 놓여있다. 그리고 전화기가 놓여있는 계산대 한쪽 옆에는 전축이 있고 그 전축 위에서는 LP 레코드판이 돌아가고 있다. 조명이 들어오면, '이별의 부산 정거장'이란 노래가 흘러나오고 있다. 잠시 후, 손에 신문을 든 땡초가 급하게 들어오면서 문 여사를 찾는다.

땡 초 (큰 소리로) 문 여사, 문 여사~? 도대체 오데로 갔노. 손님 올 시간이 다 됐는데 전축까지 틀어놓고 오데로 갔노 말따. 문 여사~~.

문 여사 (안쪽에서 나오다가 전축을 끄고는) 아니, 무슨 일인데, 고래고래 소리치고 야단이라예.

땡 초 이거 이거 봤어예? 이거?

문 여사 못 봤는데예.

땡 초 (신문을 보여주며) 아이고 참, 여기를 좀 보이소, 여기를요. 문화면에 한 페이지 전체로 다 났다 카이.

문 여사 무슨 기산데예?

땡 초 무슨 기사 기는, 바로 문 여사 기사지예.

문 여사 (놀라며) 내 기사예? 내가 와예? 내가 와 신문에 났지예?

땡 초 내 참 이렇게 답답하기는. 자, 한번 들어보이소, 내가 읽어 줄 테니까. '고모령 개업 10주년 맞이하다', '마산 예인(藝人) 아지트 고모령, 입소문을 타다', '고모령을 후원한 전설적인 주먹, 상하이 박은 아직도 오리무중' 뭐 이런 타이틀이 쫙 붙었다꼬요. 그라모 직접 한번 읽어 보이소. (문 여사

는 땅초가 건네주는 신문을 읽는다)

문 여사 (신문을 읽다 말고) 아니 이거, 이래도 되는 거라예? 손바닥만 한 술집이 뭐가 대단하다고~.

땡 초 아이고 참말로. '고모령'이 그만큼 중요하다는 말이지예.

문 여사 그런 소린 하지도 마이소. 중요하기는예. 근데 저기 저것들은 다 뭐지예?

땡 초 아 저 악기요? 신경 쓰지 마이소. 내가 갖다놓은 거니까네. (이때 밖이 시끄럽더니 손님 둘이 들어온다. 화가인 청하와 박 시인이다. 두 사람 다 땡초와 비슷한 연배로 친구 사이다)

청 하 (안으로 들어서면서, 큰 소리로) 아이고 땡초 선생, 벌써 와 계시네. 아이고, 저기 다 뭐꼬. 참말로 거창하네. 벌써 '고모령' 개업 10주년이라꼬.

문 여사 어머 청하 선생님, 박 선생님, 어서 오이소. 이쪽으로 앉으이소.

청 하 문 여사, 진짜로 축하합니다. 대박 나이소.

박 시인 나도 마찬가집니다. 문 여사.

청 하 (봉투를 내밀며) 이거, 얼마 안 됩니더.

문 여사 아이고, 뭘 이런 것까지예.

박 시인 청하만 있는 기 아이요. 내도 있소이다. 자요, 문 여사. (그도 봉투를 건넨다)

문 여사 아니 박 선생님까지 왜 이러세요. 부끄럽게예. 어쨌든 정말 고맙습니더. 어서들 앉으이소. 술상 빨리 봐 오겠습니더. (그녀는 주방으로 들어간다)

박 시인 벌써 10년이나 됐다꼬? 증말 세월 빠르구마.

청 하 자기도 그만큼 늙었다는 걸 아슈. 이제는 옛날 같지가 않다꼬. 많이 못 마시겠어. 그러니 마실 수 있을 때 우리 실컷 마셔 놓자꼬.

땡 초 내 이래서 청하를 좋아한다꼬. 나하고 소신이 똑 같거든. 우쨌든 많이 마시는 놈이 장땡이다 고마.

박 시인 다들 어제 신문 봤제? 문화면에 대서특필 된 거.

청 하 내는 못 봤다. 지방 신문은 안 보거든. 땡초 선생, 혹시 어제 신문 있는가 한번 물어보소.

땡 초 내 이럴 줄 알고 아까 오면서 가져 왔다꼬.

박 시인 이보게 청하, 신문 잘 읽어보래. 그 기사가 바로 한편의 수필 같더라꼬. 김 기자 그 친구 기사를 너무 잘 썼더라꼬.

땡 초 자, 그럼, 청하 선생. 한번 일독하시고 소감을 말해 보소. (이때 문 여사가 술과 안주를 가지고 온다) 문 여사도 인자 좀 앉으이소. 그리고 술도 좀 따르고 그라이소. 오늘은 문 여사가 주인공이니까요. 박 시인부터 한잔 따라 주이소. 지금 술이 엄청 땡길 테니.

문 여사 그럴까예. 박 선생님, 자요. (술을 따르면서) 고맙습니다. 바쁘실 텐데 와주셔서예. 앞으로 잘 부탁드립니더. 청하 선생님도예.

청 하 거듭 축하합니더, 문 여사. 그리고 이거 좀 보이소. 신문에 엄청 크게 났네예. 증말 축하합니더. 근데 땡초 당신 잔은 오데 갔노. 그리고 문 여사도 잔을 채우이소. 우리 같이 건배하거로. (모두가 잔을 채우자) 자, 그럼 우리 건배 한번 하입시더 이 '고모령'이 앞으로 100년까지 죽~ 번창하게요. 자 '건배'! (모두들 '건배'를 외친다)

박 시인 와따 마 술 맛은 역시 '고모령' 술 맛이 최곤기라.

청 하 그라모 건배 한 번 더 하입시더. 모두 잔을 채우이소. 이번 건배는 박 시인 당신이 하소. 이 시대에는 시인들이 하도 많아서 누가 시인다운 시인인지 혼란스럽지 만서도, 그래도 마산에 남아서 고군분투하는 우리 박 시인이 존경스럽기 때문이제. 시도 너무 좋고 말따. 이태백보다도 당신 시가 더 낫다 고마.

박 시인 쓸데없는 소린 작작하라꼬. 하지만, 난 아직도 술이 고프니 그 제안은 받아들이겠소이다. 건배를 자주 해야 술을 많이 마실 수 있거든. 자, 다들 잔을 채웠으면, 우리 건배 하입시더. '고모령'의 영원한 발전을, '위하여'. (모두들 '위하여'를 외친다)

문 여사 이러다가 취하겠는데예. 아직 손님들도 다 안 오셨는데.

땡 초 그런 걱정은 안 해도 됩니더. 여기 이 두 분만 오면 다 온 거나 마찬가집니더. 일당백이니까요. 지금 두 사람이 와 있으니, 여기에 200명이 온 겁니더, 핫하하. (다들 함께 웃는다)

문 여사 (주방을 보고) 언니, 안주 좀 더 가져 오이소. 소주도 같이예.

청 하 문 여사, 오늘은 내 좀 마셔도 되겠습니꺼? 맨날 문 여사가 알콜 중독자 같다고 구박을 해사서, 내 더러배서 술을 끊으려 했거든예.

문 여사   호호호, 아닙니다. 오늘만은 마음껏 드이소. 오늘은 절대로 구박 안 하겠습니다. 그 대신에 저도 같이 마실 께예. 그리고 박 선생님도 많이 드이소. 호호호.

박 시인   고맙습니다. 그라모 한 잔 더 주이소.

문 여사   드리고 말고예. 자요. (이때 장 마담이 안주를 가지고 온다) 언니, 인사하이소.

장 마담   다들 와 주셔서 감사합니다. 많이들 드세요.

박 시인   고맙습니다.

청 하   저도 이하 동문입니다. 핫하하.

문 여사   언니, 앉으이소. 같이 한 잔 하게예.

박 시인   그런데 문 여사, 뭐 좀 물어 보입시더.

문 여사   뭔데예?

박 시인   더 취하기 전에 딱 두 가지만 묻겠습니다.

문 여사   이거 겁부터 남니더, 호호호~.

박 시인   우째서 이곳에다 선술집을 할 생각을 했능교?

문 여사   호호호, 그 사연을 다 말씀드리자면 오늘 밤을 새워도 모자랄 껄예.

박 시인   그렇다몬 우선 한잔 하고 들어보는 기 어떻겠소? (땡초와 청하가 찬성하자) 그럼 잔이 빈 사람은 잔을 가득 채워 주이소. (다들 잔을 채우고 나자) 자, 그럼 모두 한잔 죽 들이킵시더. 그럼 다들 긴장 하이소. '고모령' 히스토리가 나오는 순간이니까.

문 여사   사실 이 집은 우리 삼촌이 찾았습니다.

박 시인　그래예? 어이 땡초야, 니 이런 집을 우찌 찾았노? 참말로 니 지관이나 풍수쟁이를 해도 되겠다.

땡 초　다들 알란가 모르겠다만, 일제시대 때는 이 집이 유명한 요정이었다꼬.

박 시인　뭣이라, 요정?

땡 초　하모. '망월관'이라는 요정.

박 시인　그라모 그렇지. 어쩐지 건물 모습이 다르더라꼬.

청 하　왜정시대에는 이쪽 동네 이름도 사쿠라마찌(櫻町)였다카데. 벚꽃나무가 많아서 그렇게 불렀다는구마. 이 '고모령' 뒤로 벚꽃나무가 많은 것도 다 그런 이유 때문인기다.

박 시인　문 여사, 질문이 하나 더 남았습니더.

문 여사　어떤 건데예?

박 시인　하고 많은 이름 중에서 왜 하필이몬 옥호를 '고모령'이라고 했능교? 혹시 '비 내리는 고모령'에서 따온 건 아잉교?

문 여사　(잠시 생각에 잠겼다가) 내 여태까지 별 생각 없이 지내왔는데, 박 선생님 말씀을 듣고 보니, 감정이 묘해지네예. 그라모 한잔하고 말씀드려도 될까예?

박 시인　그라이소 문 여사.

문 여사　(술을 마신 후) 제가 벚꽃이 한창 피던 때 집을 나왔는데예. 그때 우리 어머니의 손을 놓고 고모령 같은 고갯마루를 넘어오긴 했습니다만, 그 노래와는 아무 상관이 없습니더.

박 시인　그렇다몬 또 다른 사연이 있다는 말씀인데예?

문 여사　제 외할머니가 무당이었지예. 우리 어머니도 그렇고예.

박 시인   그라모 문 여사도~?

문 여사   아니라예. 그렇게 될까 봐 도망 나왔지예. 하지만, 객지에
          나와서 이 나이가 되도록 떠돌다 보니, 어머니가 한없이
          보고 싶더라고예.

박 시인   그래서예?

문 여사   '고모령' '고' 자(字)는 회고할 '고'(顧) 잡니더. 저의 외할머
          니와 어머니를 회고한다, 그리워한다, 뭐 그런 뜻으로 '고
          모령'이라 정했어예. 두 분에게 저지른 불효를 후회한다는
          뜻도 내심 담고 싶었고예.

박 시인   참말로. 그렇게 깊은 뜻이 있었군요.

문 여사   아이고, 술에 취해 그만 쓸데없는 넋두리만 늘어놓고 말
          았네예. 우쨌든 이렇게들 찾아주셔서 정말 고맙습니더.

박 시인   아닙니더. 우리가 더 고맙습니더.

문 여사   (땡초가 자주 시계를 보자) 왜 자꾸 시계를 보는데예?

땡 초   아니, 누가 오기로 되어 있어서~.

문 여사   누가예?

땡 초   내 깜짝 쇼를 좀 할라 캤는데, 안 되겠네요. 사실은 옛날
          밴드를 초청했다카이.

문 여사   옛날 밴드예?

땡 초   쪼매 이따 보면 압니더. (이때 밴드 세 사람이 들어온다. 그들이
          들어오자 장 마담과 문 여사는 깜짝 놀란다)

문 여사   어머, 이 분들이 누구시지예?

장 마담   어머 이게 웬 일이야. 그동안 어떻게들 지냈어요?

땡 초 어서들 오시라꼬. 다들 목이 빠지도록 기다리고 있었구마. 자, 무대는 이쪽이고요. (땡초가 무대로 안내하며 연주 준비를 시킨다)

문 여사 도통 영문을 모르겠네예. 하여튼 두 분은 알아서 드세요. 저는 이미 많이 취했어예.

청 하 그러지예. 이보시게 박 시인, 땡초 저 친구 머리가 참 비상하지 않아. 어떻게 저런 생각을 다 했을꼬.

박 시인 그러니까, 콧대가 높제. 항상 남보다 앞서 가니 말이제. 그라고 장 마담, 안주 준비하시느라 정말 고생 많았습니다.

장 마담 고맙습니다. 박 시인님. 모두 다 삼촌과 문 여사 덕분입니다.

문 여사 언니도 참. 모든 안주를 언니가 다 해 놓고서는 왜 나를 슬쩍 끼워 넣지예, 호호호. 언니, 한잔 하이소. 오늘은 한산해도 됩니더. 마침 옛날 식구들도 왔잖아예. 난 벌써 가슴이 벌렁거려예. 언니는 괜찮아예?

장 마담 괜찮긴. 온 몸에 소름이 다 돋는다, 전혀 생각지도 않은 일이 일어나서 말이다. (그러는 사이에 밴드 연주가 시작된다. 연습용이다. 하지만 연주가 시작되자마자 모두는 놀란다. 선술집에서는 쉽게 들을 수 없는 생음악 연주이기 때문이다. 연주 중에 땡초가 멘트를 하기 시작한다. 옛날 '오동 동 빠'에서 하던 솜씨 그대로다. 사투리가 아닌 표준말의 멘트다)

땡 초 자, 밴드 여러분, 준비 다 됐습니까. (그렇다는 사인을 받고는) 좋습니다. 여러분, 오늘이 '고모령' 개업 10주년 되는 날입니다. 바쁘신 중에도 자리를 같이해 주셔서 대단히 감사합니다. 이분들은 한 시기 '오동동 빠'를 휘어잡은 밴듭니다. 그때 그 '오동동 빠'의 오야붕이 바로 거기 계신 장 마담이고, 그 유명했던 77번 아가씨가 바로 문 여삽니다. 그리고 그때와 비교하면, 시간과 장소만 바뀌었을 뿐, 등장인물은 그대로입니다. 인생은 연극이란 말도 있지요. 바로 오늘 이 자리가 한 편의 연극 무대가 될 것입니다. 그러면 오늘의 주인공, 문 여사를 모시겠습니다. (사전에 아무런 의논이 없었기에 문 여사는 몹시 당황해 한다)

문 여사　아니 이게 대체 무슨 난리지예. 그리고 나는 술도 취했는데예. (이때 한 남자가 들어 와서는 누굴 찾는 듯 두리번거린다. 그러자 막 일어서던 문 여사가 그에게로 간다. 두 사람은 무슨 이야기를 주고받는다. 이윽고 문 여사가 땡초에게로 가서 귓속말을 하자 땡초는 그 남자에게로 간다. 그 남자와 땡초는 밖으로 나간다. 잠시 후 들어온 땡초는 연주를 중단시킨다)

땡 초　(마이크를 잡고서) 여러분 대단히 죄송합니다. 문 여사 집안에 초상이 났다는 급한 전갈이 왔습니다. (모두들 놀란다) 그래서 대단히 죄송합니다만, 지금 이 자리를 중단해야겠으니 양해해 주시면 고맙겠습니다. (그리고는 문 여사의 소매를 끌고 안으로 들어가면서 의아해하는 문 여사에게 설명을 하는 것 같다)

문 여사　(돌아와서) 여러분, 정말 죄송하게 되었습니다.

청 하　죄송할 거 없습니다. 초상이 났다는데 당연히 그래야지예. 우리도 이만 가보겠습니다. 여보게, 땡초, 우린 이만 가네.

고생했네. (밴드를 비롯한 일행들이 나가고 나자)

문 여사　삼촌 이게 무슨 짓인가예? 새빨간 거짓말까지 다 하고예.

장 마담　삼촌도 참 이상하네. 대체 무슨 일이에요?

땡 초　(결심을 한 듯) 문 여사, 놀라지 마이소. 장 마담도요.

문 여사　얼른 말해 보이소. 무슨 일인지를예.

땡 초　아까 그 사람이 전하더군요. 밖에서.

문 여사　오늘따라 참 희한하시네요. 말을 빙빙 돌리고예.

땡 초　죽었답니더.

문 여사　(놀라며) 누가~예?

땡 초　상하이 박, 사장님이~.

문 여사　에이 장난치지 마이소.

장 마담　누가 그래요?

땡 초　나도 거짓말이면 좋겠어예.

문 여사　그럼 상하이 오빠가, 정말로~. (장 마담도 같이 놀란다)

땡 초　내가 왜 거짓말을 하겠어예. 내가 왜 숨기겠어예. 다 말하겠습니더.

문 여사　(울먹이며) 말씀 하이소. 전부 다 하이소. 한마디도 빠뜨리지 말고예.

땡 초　자살했답니더.

문 여사　(놀라서) 뭐라고예?

땡 초　어제 저녁에 그랬답니더.

문 여사　언니, 이 일을 우짜몬 좋지요? 흑흑흑~.

장 마담　(문 여사를 얼싸안으며) 동생, 이 일을 어떡해.

땡 초   어제 신문을 보았답니다. 그러고 나더니 무슨 이유 때문인지 평소와는 달리 대단히 흥분된 모습을 보이더랍니다. 그래서 왜 그러냐고 물었더니, 별일 아니라고 하면서도 평소와는 전혀 다른 행동을 하더랍니다.

문 여사   그래서예?

땡 초   한참 후 찾길래 가보니, 편지 한 통을 주면서 나에게 갖다 주라고 하더랍니다. 마침 신문기사에 주소가 나 있어서, 그걸 보고 찾아왔다더군요.

문 여사   그럼 그동안 살아있었단 말이네예?

땡 초   백사의 칼에 찔려 크게 다친 후, 반신불수가 되어 움직이지 못했다고 합디다. 그래서 그 누구도 만나지 않고 오직 혼자서만 지냈답니다.

문 여사   왜 그랬을까예. 왜 여태껏 한 번도 찾아오지 않았을까예. 동생인 나한테까지예.

땡 초   자신의 비참한 모습을 보여주기 싫어했답니다. 죽기보다 더 싫어했답니다.

장 마담   그 오라버니는 그러고도 남을 사람이야. 자존심 센 독립 투사였잖아.

땡 초   그 후 한참이 지나도 아무런 기척이 없기에, 이상한 생각이 들어서 들어가 봤더니 그런 일이 벌어졌더랍니다. 그래서 급하게 경찰에도 연락하고 119에도 연락하고 했지만, 일가친척이 하나도 없어서 자기가 장례를 치를 수밖에 없다고 하더라고예.

문 여사 혼자라고 했잖아예. 그래서 내가 동생이 되었을 때 좋아하셨고예. 언니 이 일을 어쩌면 좋지예.

땡 초 장례비용은 생전에 충분하게 주셨답니다. 그래서 돈 걱정은 하지 말라고 했습니다. 다만, 장례식 날 영정이 이곳을 한번 둘러보도록 허락해 주시면 좋겠다는 말을 하더라고예.

문 여사 당연히 그렇게 해 드려야지예. 그보다 더한 일도 하겠어예. 삼촌, 또 어떤 일을 하면 되지예. 오빠를 위한 일이라면 목숨까지도 내 놓을거라예.

장 마담 문 여사, 그게 무슨 말이야. (이때 전화기가 울려댄다. 그러자 땡초가 가서 받는다)

땡 초 여보세요? 예~, 접니더. 문 여사요? 여기 같이 있습니더. 잠깐만요. 문 여사, 주치의 전화요, 문 박사.

문 여사 전화 바꿨습니더. 아, 예 안녕하세요. 예 예, 잘 지냅니더. 예? (한참을 듣고만 있다가 힘없이) 잘 알겠습니더. 생각해 보겠습니더. 예 예. 그럼~.

땡 초 무슨 전화니까?

문 여사 오늘은 왜 이렇지. 왜 안 좋은 일만 계속 생기고 난리냐꼬.

장 마담 동생, 무슨 일인데 그래? (문 여사가 말이 없자)

땡 초 이게 그 편집니더. 아까 그 사람이 주고 간~.

문 여사 삼촌, 삼촌이 대신 좀 읽어 주이소. 난 읽을 힘조차 없어예.

땡 초 그러지요. (편지를 꺼내서 본다) 글씨를 너무 삐뚤삐뚤하게 썼구마. (편지를 읽는다) 내 동생 은희에게, 은희야, 신문 보고

알았다. 벌써 10주년이 되었구나. 내 여태 숨어 지내다가 소원을 풀었기에 몇 자 적는다. 그동안 나를 원망도 했을 것이다만, 모두 다 용서해 다오. 더럽고도 추한 내 모습 보여 주기 정말 싫었다. (문 여사와 장 마담은 어깨를 들썩이며 흐느끼기 시작한다) '고모령'이 자리를 잡았다니 더 이상 바랄 것은 없으나, 아무리 힘들더라도 '고모령'만은 계속 지켜줬으면 한다. 다만 이제 너도 나이가 제법 들었을 터, 부디 건강을 조심해라. 참, 장 마담과 땡초 삼촌은 어디서 어떻게 살고 있는지 궁금하구나. 은희야, 용서해다오. 정말 미안하구나. 하지만, 네가 있기에 사고무친인 나는 먼길 편안하게 갈 수 있을 것 같다. 혹시 할 수 있다면, 내 상여 나갈 때, 조가(弔歌)나 한 곡 불러주면 고맙겠다. 혼자 가는 길이 외로울까 싶어서다.

문 여사 (비통하게) 오빠, 왜 그랬는데예. 나를 두고 왜~.

장 마담 동생, 진정해라. 제발 진정해.

문 여사 목이 빠져라 소식 기다렸는데예. 나도 몸이 좋지 않거든예. 큰 병원 가지 않으면 안 된다네예.

땡 초 (깜짝 놀라며) 문 여사, 그게 무슨 소리요? 그라모 조금 전, 문 박사 전화가~?

문 여사 이 '고모령'을 꼭 한번 보여주고 싶었는데예. 그래서 여태껏 기다려 왔는데예. 그런데 이게 뭔가예. 오빠가 없는데 이 '고모령'을 계속하면 뭐하는 데예.

땡 초 문 여사 진정 하이소. 제발 진정 하이소.

장 마담 동생, 진정해. 이러다 정말 큰 일 나.

문 여사 두 분. 제 말 잘 들으이소.

땡 초 문 여사까지 와 이라노. 참말로 오늘 일진이 와 이렇노 말따.

문 여사 이제 이 '고모령'은 아무 의미가 없어예. 그러니 이곳을 고마 삼촌 화실로 쓰이소.

땡 초 문 여사, 지금 제 정신이오?

문 여사 오래 전부터 그런 생각을 해 왔어예.

장 마담 동생, 그런 일은 나중에 의논해도 늦지 않아. 그러니 지금 당장은 오라버니 장례식부터 의논하자고.

땡 초 그렇게 하입시더, 문 여사. 지금 급한 건 초상 치는 일입니더. 편지에도 쓰여 있지 않던가예. 상여 나갈 때, 조가라도 하나 불러주면 고맙겠다고~.

문 여사 (멍하니) 그럴까예. 난 지금 제정신이 아니라예. 무엇을 어떻게 해야 할지 도통 모르겠어예.

땡 초 그래도 정신 차리이소. 초상은 정중히 치러야 합니더. 상하이 사장님과의 인연도 있고 하니까예.

문 여사 조가를 불러 달라고예?

땡 초 편지에 그렇게 쓰여 있더군요.

문 여사 조가를 부른들 무슨 소용 있겠습니까마는, 그래도 오빠의 유언이니 그렇게 해 드려야겠지예?

땡 초 그렇다니까요. 그리고 문 여사가 힘을 내야 우리도 힘이 나고, 또 상하이 사장님도 편안하게 가실 수 있지 않겠어예?

장 마담   삼촌 말대로 하자고, 동생. 그러니 힘을 내라고.

문 여사   언니, 인생이란 뭔가예. 안개처럼 손에 잡히지 않는 것이 인생인가예. 뜬구름처럼 떠도는 것이 인생인가예. 난 여태 까지 사랑도 한번 못해 봤어예. 가족 간의 따뜻한 정도 못 느껴봤어예. 그렇다고 돈을 번 것도 아니라예. 난 정말 부평초처럼 살아왔어예. 다만 한 가지 얻은 것이 있다면, 상하이 오빠를 안 것 뿐이라예. 그래서 그 오빠로부터 인생을 좀 더 배워보려고 여태껏 기다려 왔는데예~. 그런데 왜 이런 일이 닥친 걸까예. 언니, 난 정말 어떡하면 좋지예. (땡초와 장 마담은 어찌할 바를 모르고 문 여사를 바라보고 있고, 문 여사는 멍하니 허공만 쳐다보고 있다)

암전.

제12장

2일 후. 10장과 같은 무대. 하지만 10장과는 달리 '고모령' 뒤편의 벚꽃나무에는 벚꽃이 흐드러지게 피어 있다. 그 때문에 '고모령'이 더더욱 아름답고 몽환적인 느낌을 준다. 객석에서는 보이지 않으나 '고모령' 뒤쪽으로는 동네로 내려가는 길이 있고, 그 부근에는 만개한 벚꽃나무 숲이 있다.

문 여사 언니, 저기를 좀 보이소. 참 아름답지예?

장 마담 그럼 아름답고말고.

문 여사 숨이 막힐 지경이라예. 올해 벚꽃은 유난히 더 아름답고예. 삼촌은예?

땡 초 하이고 참말로. 오데 사꾸라 꽃을 처음 보는 갑다. 어린애들처럼 감탄사를 연발하거로.

문 여사 이보세요, 삼촌. 내 정말 실망이 큽니다. 다른 사람이라면 몰라도 예술가께서 그런 말씀을 하시다니요.

땡 초 사방에 사꾸라 꽃이 천지삐까리로 피어 있는데, 겨우 저런 것을 보고 호들갑을 떠니까 하는 소리제.

장 마담 삼촌도 참, 문 여사가 마산 출신이 아니라는 걸 잊었어요?

땡 초 아차, 내가 진짜 깜빡했네요. 용서해 주이소, 문 여사.

문 여사 용서는 무슨 용섭니까. 오히려 내가 더 미안하지예. 호들갑을 떨어서.

땡 초 아따 참, 그렇다고 금방 또 되받아치면 우짭니까. 그런데 왜 여태 안 오제?

장 마담 누가요? 올 사람이 또 있어요?

땡 초 아따 참, 상하이 사장님 영정이 온다는 걸 모르세요?

장 마담 아이고, 내 정신 좀 보래. 내 잠시 벚꽃에 정신이 팔려서 그만~. 동생, 미안해.

문 여사 미안하긴예. 언니도 오빠한테 잘 했잖아예.

땡 초 상하이 박 그 양반 참 멋쟁이였는데. 사람도 좋았고.

문 여사 그렇지예 삼촌.

땡 초	도대체 하느님은 있는 기가 없는 기가. 천하에 나쁜 놈인 백사는 놔두고, 와 좋은 사람만 빨리 데리고 가노 말따.
문 여사	세상 물정 모르던 시절에 자주 들은 말이 있거든예.
땡 초	무슨 말인데요?
문 여사	'인생 별거 아니다, 인생 참 허무한 거다'라는~.
장 마담	동생, 그런 말, 나도 들은 적이 있어.
문 여사	어느새 환갑을 코앞에 두고 보니 이제야 조금은 알겠네 예. 언니, 인생이 왜 이렇게 외롭고 아플까예.
장 마담	정말 그래. 그리고 결국에는 혼자 가야만 하는 길이고~.
문 여사	가난이 싫어서 도시로 나왔건만, 남은 것이라곤 좌절과 회한 뿐. 돈 벌어가겠다는 우리 엄마와의 약속은 하얀 거 짓말이 됐고예. 인생은 특별한 게 아니라 평범한 거라는 데. 그런 사실을 깨닫지 못하고 천방지축으로 살아 왔으 니 내가 헛산 거지예. "인생 그리 길지 않다, 그러니 너무 욕심 부리지 말고 순리대로 사는 게 좋다."던 상하이 오빠 말씀이 아직도 귀에 쟁쟁한데예.
장 마담	오라버니는 행복하실 거야.
문 여사	언니 말이 맞을 지도 몰라예. 모두들 이렇게 그리워하고 있 으니까예. 그런데 삼촌, 삼촌은 내가 어떡하면 좋겠어예?
땡 초	갑자기 그기 무슨 말잉교?
문 여사	'고모령'을 어떡하면 좋을까 싶어서예.
땡 초	(잠시 생각을 한 후) 내 생각에는 말이오, 마산이 항구 아잉 교? 항구란 말만 들어도 좀 로맨틱한 느낌이 들지 않소?

그러니까 그런 곳에 '고모령' 같은 운치 있는 선술집이 하나 정도 있는 것도 좋겠다고 보는데예.

문 여사 언니는예?

장 마담 나도 같은 생각이야. 동생은 남다른 데가 있어. 겉으론 차분해 보이지만, 안으로는 뜨거운 열정을 가진 사람이잖아. 그래서 이런 술집을 하면서 그런 열정을 좀 식히라는 말이지. (이때 갑자기 바람이 한바탕 불어온다)

문 여사 태풍 온다는 말은 없었는데 갑자기 바람이 왜 불지? 예쁜 꽃잎 다 떨어지거로. (저 멀리서는 상엿소리가 들려온다)

땡 초 아이고 드디어 오시는 갑다. 와 이리 긴장이 되고 또 떨리노 말따. 문 여사, 내는 뭘 하면 좋겠소?

문 여사 뭘 하기는예. 여기서 그냥 기다리면 되지예. 영정이 들어와서는, 일단 이 '고모령'을 죽 한번 둘러보고는 뒷길로 올라가서 저 아래로 내려갈 겁니다. 그리고 상여는 저 뒤편 벚꽃나무 숲 아래에서 기다릴 거고예. (상엿소리가 더 크게 들려온다. 잠시 후 영정을 든 소년이 앞장서고 그 뒤로 문상객 몇몇이 따른다. 그러자 세 사람 모두 망연자실해 있다. 잠시 후, 문 여사가 조의를 표하고는 영정 든 소년을 인도하여 '고모령' 군데군데를 둘러보게 한다. 이윽고 문 여사의 어깨가 들썩이기 시작한다. '고모령'을 둘러본 영정은 드디어 '고모령' 뒷길로 올라간다. 문 여사가 뒤를 따르고, 그 뒤를 땡초와 장 마담, 그리고 문상객들이 따른다. 영정이 아래로 막 내려가려 하자, 문 여사가 나지막이 오열하기 시작한다)

문 여사 오빠, 상하이 오빠! 부디 잘 가이소~. 가시는 길이 비록 외롭고 쓸쓸하더라도, 이 '고모령'을 생각하면서 가이소~. 그런데 오빠, 하필이면, 왜 이런 시기에 가시는데예. 벚꽃이 이렇게 아름답게 피어 있는 데예. 너무나 황홀해서 숨이 막힐 지경인데예. 하지만 오빠, 너무 걱정하지 마이소. 오빠 뜻대로 이 '고모령'은 내가 지킬 게예. 내 몸이 어찌 될지는 알 수 없지만, 할 수 있는데 까지 해 볼 게예. 그러니 아무 걱정 말고 가이소. 부디 모든 것 다 내려놓고~.

그녀는 애써 슬픔을 감추고서 나지막한 음성으로 '비 내리는 고모령'을 부르기 시작한다. 그러나 그 노래는 그냥 평범한 유행가가 아니라 구슬픈 창(唱)에 가깝다. 조금 전부터 불던 바람은 세찬 바람으로 바뀐다. 그러자 허공에서는 벚꽃이 눈처럼 비처럼 흩날리기 시작한다. 그러다가 점차 엄청난 꽃보라가 되어 휘몰아치기 시작한다. 문 여사의 창은 마침내 구슬픈 구음 가락으로 바뀐다.

천천히 막이 내려온다.

해동 제일의 선술집 '고모령'

한 시기 경남 마산에는 '해동 제일의 선술집'이란 찬사를 들은 주점이 하나 있었다. 1970년대 초반에 문을 열고는, 1990년대 중반에 문을 닫은, '고모령'이란 옥호를 가진 선술집이 그것이다. 그리고 주객들은 모두가 그 선술집 주모를 문 여사라 불렀다. 물론, 장사는 한 장소에서만 한 것이 아니라, 여러 곳을 옮겨 다니면서 했다. 가난한 예인들을 상대로 한 선술집이었기에, 주모가 돈을 모으지 못했기 때문이다. 아니 돈을 모을 수가 없었다. 가난한 예인들을 보살피는데 돈을 다 써버렸기 때문이다.

그리고 '고모령' 실내 벽면에는 항상 커다란 달력이 하나 걸려있었다. 지갑이 텅 빈 예인들은 술값이 없었음에도 마치 자기 집인 양, 그 '고모령'에 들어와서는, 서로들 권커니 잣거니 하며 호기롭게 술을 마시는 일이 다반사였다. 하지만, 술값이 없는 그들은 술값 대신, 달력에다 바를 정(正), 자(字)를, 한 자씩 써놓고는 그냥 나가버리는 것이 불문율이었다. 자기들 술값이 외상이란 표시로. 그래도 문 여사는 불평 한마디 하지 않고, 오히려 그들을 챙기기에만 바빴다. 그렇게 문 여사는 통이 크고 심성이 좋은 여인이었다. 그 때문인지는 모르나, 어쨌든 IMF가 들이닥친 1990년대 중반, 그 '고모령'은 영영 문을 닫고 만다.

이 극은 바로 그 '고모령'과 주모인 문 여사를 모델로 하여 썼지만, 극의 내용은 모두 픽션이다. 그리고 또 한 사람, '상하이 박'이란 인물이 있는데. 그의 이름이 암시하듯이, 그는 한때 중국 상하이에서 건달 생활을 하다, 마산으로 흘러들어와 마산에 정착해 버린 실존 인물이기도 하다. 하지만 그는 그냥 건달이 아니라, 한때는 상하이에서 독립운동을 한 건달이었고, 멋과 낭만을 아는 로맨틱한 주먹이기도 했다. 극 중의 '상하이 박'도 역시 실존 인물인 '상하이 박'을 모델로 삼았다.

한 시기 "마산의 '고모령'을 모르면, 예인도 아니다"란 농언(弄言)도 있었기에, 이 극은 그 선술집을 잊지 못하는 예인들을 위해서 쓴 것임을 밝혀 둔다.

한국 희곡 명작선 141

고모령에 벚꽃은 흩날리고

초판 1쇄 인쇄일   2023년 11월 20일
초판 1쇄 발행일   2023년 11월 29일

지 은 이   이상용
만 든 이   이정옥
만 든 곳   평민사
          서울시 은평구 수색로 340 〈202호〉
          전화 : 02) 375-8571 / 팩스 : 02) 375-8573
          http://blog.naver.com/pyung1976
          이메일 pyung1976@naver.com
등록번호   25100-2015-000102호
ISBN   978-89-7115-106-8 04800
          978-89-7115-663-6 (set)
정   가   10,000원

이 책은 사단법인 한국극작가협회가 한국문화예술위원회의 2023년 제6회 극작엑스포
지원금을 받아 출간하였습니다.

한국 희곡 명작선